I0674740

L'ECHO
DES ALPES,

OU

BLUETTES

TRONOMIQUES ET SENTIMENTALES.

PAR H. BLANC, DU FUGERET.

A PARIS,

EZ LEFEBVRE, IMPRIMEUR–LIBRAIRE,

RUE DE BOURBON, N. 11;

ET CHEZ ROSIER, LIBRAIRE,

RUE DE GRENELLE SAINT-HONORÉ, N. 7.

1825.

L'ÉCHO DES ALPES,

OU

BLUETTES

GASTRONOMIQUES ET SENTIMENTALES.

~~~~~~~~~~~~~~~~

HOMMAGE A MES COMPATRIOTES.

~~~~~~~~~~~~~~~

PAR H. BLANC, DU FUGERET,

Ancien examinateur des Aspirans à l'École polytechnique;
Auteur de *l'Okygraphie* et du *Guide des dîneurs.*

In tenui labor, at tenuis non gloria, si quem
Numina lœva sinunt, auditque vocatus Apollo.
VIRG.

A PARIS,

CHEZ {LEFEBVRE, impr.-libraire, rue de Bourbon, n° 11;
ROSIER, libraire, rue de Grenelle-S.-Honoré, n° 7.

M. DCCC. XXV.

AVIS DES ÉDITEURS.

———

Pour expliquer et justifier en même temps l'enthousiasme dont l'auteur paraît animé lorsqu'il parle des Rayoles et de tout ce qui sert à la composition de ce mets, nous croyons devoir faire connaître à ceux de nos lecteurs Parisiens qui pourraient être surpris du choix qu'il a fait, pour les quatre premières chansons, de sujets qui paraîtront fort ingrats sans doute à la plupart de nos poètes les plus féconds et les plus friands; nous devons leur faire connaître, disons-nous, que, dans un coin heureux de la Provence, contrée privilégiée, pays favorisé des Dieux, on fait le plus grand cas des Rayoles, produc-

1*

tion gastronomique qui a quelque analogie avec les ravioli d'Italie, mais qui leur est néanmoins autant supérieure que le cèdre du Liban l'est au sycomore. Trois ou quatre fois dans l'année on se réunit en famille pour manger des Rayoles, que les Provençaux préfèrent aux mets les plus exquis, et ces réunions sont toujours de véritables fêtes. La sauce de noix étant un des principaux assaisonnemens de ce ragoût, il est tout naturel que le mortier qui sert à les piler, et le pilon lui-même soient en grande vénération chez ces gourmets. Le mortier et le pilon sont, pour les cuisines qui aspirent à la notabilité, de véritables meubles de luxe, des ustensiles d'apparat. Nous tenons ces détails de l'auteur lui-même de ce Recueil, et ils nous ont été garantis et confirmés par quelques Provençaux domiciliés à Paris, que nous nommerions au besoin, et qui, jaloux de propager les bonnes doctrines, ont importé dans la capitale la succulente production connue sous le nom de *Rayoles*. Ce nom qui, comme chacun sait, signifie : *mets par excellence,* ne vient pas du grec, comme l'ont prétendu quelques étymologistes superficiels, mais de l'ancienne langue celtique.

Malgré ce que nous venons de dire en prose, et ce que l'auteur dit lui-même en vers pour établir la prééminence des Rayoles sur toutes les autres préparations gastronomiques, nous croyons devoir déclarer ici, pour l'instruction des Amphitryons, présens et à venir, que le goût du poète n'est cependant pas tellement exclusif qu'il ne croie avoir bien dîné que lorsqu'il a mangé des Rayoles. Nous

savnos de bonne source que son indul-
gente philosophie l'a toujours sauvé
de toute antipathie prononcée contre
certains autres mets recommanda-
bles, tels que truffes, huîtres, ravioli, pâtés de foie gras, turbots, pou-
lardes du Mans, dindes de Périgueux,
etc., etc.; ce qui d'ailleurs paraît suf-
fisamment prouvé par les bluettes sur
les Glands, les Marrons et les Truffes, ainsi que par l'excellent ouvrage
du même auteur, intitulé : *Le Guide
des dîneurs.*

LA SAUCE DE NOIX.

.....Nuces, mea quas Amaryllis amabat,
VIRGILE.

AIR *de la pipe de tabac.*

Je veux qu'à mes chants les Rayoles
Doivent un éternel renom ;
De bouche en bouche, mes paroles
Retentiront jusqu'au Verdon *.   *bis.*
Ragoût divin ! mets délectable,
Que ne connaissent point les rois !
Que j'aime à te voir, à ma table,
Gonfler sous la sauce de noix !   *bis.*

A peine ici ma muse touche
A des sujets si délicats,
Que l'eau vous en vient à la bouche ;
Gourmets, vous ne m'étonnez pas.

---

* Le Verdon, fleuve aussi fameux en Provence, que le
Simoïs et le Scamandre l'étaient dans la Troade, du temps
d'Homère.

Mais si, pour festins et pour noces,
J'ai su faire un si noble choix,
Ne croyez pas qu'à toutes sauces
Je mette la sauce de noix.

L'Italie avec orgueil cite
Son fromage de Parmesan:
J'en reconnais tout le mérite,
Plus qu'aucun autre il est friand;
Oui, ce fromage dont l'envie
En vain contesterait les droits,
Est parfait quand on le marie
Avec une sauce de noix.

Sur le mont Ida, quand trois belles
Eurent vidé leur différent,
Les sauces vinrent après elles;
Disputant aussi pour le rang:
Sauce blanche, sauce piquante,
Sauce Robert, sauce aux anchois,....
Pâris, sans hésiter, présente
La pomme à la sauce de noix.

Au sacré mêlant le profane,
Dois-je ici, poète indiscret,
Lorsque l'Église me condamne,
Vous révéler un grand secret?
Eh bien! l'arbre par excellence
Qui séduisit Ève autrefois,

L'arbre fameux de la science,
N'a jamais porté que des noix.

A Cana, nous apprend l'histoire,
On vit l'eau se changer en vin;
Mais ce n'est pas la seule gloire
Qui rendit fameux le festin :
Une sauce fade et fort noire,
Qui même avait tourné, je crois,
Par un miracle bien notoire,
Fut changée en sauce de noix.

On nous vante les Spartiates !
Autant vaudrait, en vérité,
Vanter les Turcs ou les Marattes :
Leur cuisine me fait pitié.
Un brouet noir ! sauce barbare,
Digne d'un peuple d'Iroquois !
Athènes, d'un goût, d'un sens rare,
S'en tint à la sauce de noix.

A moins d'être un saint en extase,
Ou d'avoir un front de sapeur,
Il faut bien qu'un homme se rase :
Une longue barbe fait peur.
Or, voici pour cette toilette
Le cosmétique de mon choix :
Vous vous servez de savonnette;
Je me sers de sauce de noix.

LE MORTIER.

....Honos erit huic quoque....
VIRGILE.

AIR: *Aussitôt que la lumière.*

MAÎTRE Adam, si de ta verve
J'avais été l'héritier,
En vers dignes de Minerve
Je chanterais le Mortier.
Faut-il donc tant de paroles?
Faut-il un poème entier?
Sans Mortier point de Rayoles... ⎱
Honneur et gloire au Mortier!   ⎰ *bis.*

Que l'un vante un tourne-broche;
Qu'un autre, d'un ton plus fier,
Chante, en double ou triple croche,
Du pape le moutardier.
Moi, qui veux que dans l'histoire
Mon nom vive tout entier,
Jusqu'au temple de Mémoire
Je porterai le Mortier.

Le Mortier qu'ici je chante,
N'est point celui des combats;
Une bombe m'épouvante,
Et je ne m'en défends pas.
Qu'avec art on s'extermine,
Ce n'est point là mon métier;
C'est du fond d'une cuisine,
Qu'éclatera mon Mortier.

J'en conviens, la Charte est belle;
Ici je le dis tout haut;
Mais pourtant cette immortelle
N'est pas sans quelque défaut:
Ne serait-il pas possible,
Sans la refondre en entier,
D'exiger qu'un éligible
Fût possesseur d'un Mortier?

Comme moi, chacun s'étonne
Qu'à quelque habile sculpteur
Jamais le Jury ne donne,
Pour prix, un pilon d'honneur,
De ses héros en vain Rome
Occupe le monde entier;
A mes yeux le seul grand homme,
C'est le Maréchal Mortier.

Un fait que fournit l'histoire,

Et qu'ici je garantis,
En ajoutant à sa gloire,
Confirme ce que je dis:
D'un même bloc, Praxitèle *
D'abord fit un bénitier;
Puis des Vénus la plus belle,
Et puis le plus beau Mortier.

Que justice soit rendue
A l'artiste, homme de goût,
Qui, pour récréer ma vue,
Place un Mortier en surtout! **
Jadis la magistrature,
Pour honorer ce quartier,
Eût fait d'André ***, je vous jure,
Son Président à Mortier.

---

* Fameux sculpteur grec.

** Au dessert, le mortier doit être placé au milieu de la table.

*** Ces couplets ont été chantés, pour la première fois, chez M. André d'Annot, négociant à Paris.

LES RAYOLES.

Opus aggredior opimum...
TACITE.

AIR : *J'étais bon chasseur autrefois,*
ou
Je n'avais pas encor quinze ans.

EXCEPTÉ l'eau *, j'ai tout chanté,
Les fleurs, les belles et l'Aurore,
Bacchus, Vénus, printemps, été;
Que faut-il que je chante encore?
Et sur l'hymen, et sur l'amour,
Que de chansons fades ou folles!
Plus heureux, plus sage en ce jour, ⎱
Je vais donc chanter les Rayoles. ⎰ *bis.*

De l'âge d'or heureux produit,
Et la gloire de la Provence,

---

* Je dois à la vérité de déclarer ici que, depuis la première édition de cette chanson, j'ai fait sur la fontaine de
Grenelle, des couplets qui ont été insérés dans le Chansonnier
des Grâces de 1824, et que l'on retrouvera ici; ce qui prouve
qu'on ne doit jamais dire : Fontaine, je ne boirai pas de ton
eau.

La Rayole est le plus beau fruit *
Du plus beau climat de la France.
L'ambroisie est le mets des Dieux;
De ce mets, Jupin, tu raffoles;
Ah! qu'il serait fade à tes yeux,
Si tu connaissais les Rayoles!

De ce mets l'heureux inventeur,
A Rome aurait eu des statues;
Ce mets est le réparateur
Des forces de l'homme abbatues:
Tel, le matin, est sans pouvoir,
Ou n'a de vigueur qu'en paroles,
Qui devient Hercule le soir,
Quand il a mangé des Rayoles.

Pour des lentilles, Ésaü
Jadis vendit son droit d'aînesse;
Jacob en rit comme un bossu,
Mais sous cape, par politesse.
Jacob devint un matador:
Eh bien! malgré ses goûts frivoles,
Son frère eût fait un marché d'or,
S'il eût traité pour des Rayoles.

Pour les vieillards, pour les enfans,
C'est bien le mets par excellence;

---

* Le mot *fruit* est pris ici dans le sens figuré.

Car pour manger il faut des dents ;
Tout prouve ici ce que j'avance :
Il en faut pour manger le rôt ;
Il en faut pour les croquignoles ;
Pour des noisettes il en faut ;
Il n'en faut pas pour des Rayoles.

Paris a vu les Provençaux
Maigrir, sécher par l'abstinence ;
Le ciel met un terme à leurs maux,
Paris va se croire en Provence :
Ce n'est point une fiction,
Un leurre en pompeuses paroles ;
Paris possède Robion * ;
Paris connaîtra les Rayoles.

Par de lâches ménagemens,
Lorsque partout l'erreur domine,
Me verra-t-on, à vos dépens,
Défendre une fausse doctrine ?
Non, point de pacte avec l'erreur ;
Je le dis donc sans paraboles ;
Anathème, opprobre, malheur
A qui n'aime pas les Rayoles !

* M. Robion a singulièrement perfectionné cette belle, cette noble partie de l'art culinaire ; les gourmets lui doivent des complimens et des remercîmens.

Vous trouverez plus d'un défaut
Dans ma petite chansonnette;
Vous pouvez le dire tout haut;
Entre nous liberté parfaite.
Si vous prétendiez néanmoins,
Choqués de quelques hyperboles,
Me fermer la bouche, ah! du moins,
Que ce soit avec des Rayoles.

LE PILON.

....Herbas contundit olentes.

VIRGILE.

AIR: *Ah! vous avez des droits superbes.*

Je hais ces hommages frivoles
Qu'on prodigue aux belles, aux rois :
Encens fade, oiseuses paroles,
Chants trop peu dignes de ma voix!
Un plus noble sujet m'inspire;
Il m'est donné par Apollon :
Allons, muse, reprends ta lyre,   } *bis.*
Et chante avec moi le Pilon.

Friand amateur de Rayoles,
Que deviendrais-tu sans Pilon?
Cette sauce dont tu raffoles
De ce meuble est le premier don :
Belles qui, par le suc des plantes,
Quand vient la nouvelle saison,
Redevenez fraîches, charmantes,
Ah! rendez grâces au Pilon.

Ce n'est point là le seul service
Que rende ce meuble important;
N'est-ce pas lui qui fait justice
De tout ouvrage impertinent?

2

Qu'un écrit fade nous endorme,
Qu'il blesse les mœurs, la raison,
Qu'il pèche au fond ou par la forme,
Vîte on le condamne au Pilon.

Frapper fort tout en frappant juste,
Tel est le secret des héros;
Jadis un athlète robuste
Le prouva bien par ses travaux :
Mais ici la fable, moins nue,
Devait, pour notre instruction,
Ne pas taire que sa massue
N'était qu'un énorme Pilon.

Avec raison je nomme Hercule
Vaillant parmi tous les héros;
Jamais son grand cœur ne recule;
En adresse il est sans rivaux :
Monstres et géans, vains obstacles
Pour le courage du luron!
Et ses hauts faits sont les miracles
De son redoutable Pilon.

On vous l'a dit : aux pieds d'Omphale,
Pour plaire, le héros filait :
Quel travail pour lui, quel dédale!
Fil et fuseau, tout s'embrouillait :
Ah! dit-il, puisque tout s'embrouille,
Près d'Omphale changeons de ton;

Brisons cette mince quenouille;
Allons, en avant mon Pilon.

Aux paroles joignant le geste,
Hercule alors parut divin;
Et, bien que timide et modeste,
Omphale s'enflamma soudain.
Quel instrument! dit la princesse,
Et que mon amant en sait long!
Je l'aimerais, je le confesse,
Quand il n'aurait que son Pilon.

Depuis ce jour, par ses conquêtes,
Hercule étonna l'univers;
Les belles vantaient leurs défaites,
Et toutes adoraient leurs fers.
Il meurt! de ses cheveux trois mèches
Sont le partage de Chiron;
Philoctète reçut ses flèches;
A Moriès échut son Pilon. *

---

* M. le baron Moriès, amateur distingué et l'un des plus
zélés propagateurs des bonnes doctrines, est possesseur d'un
beau mortier, et d'un plus beau pilon encore. Que de titres
à l'éligibilité !

Quelques lecteurs un peu curieux demanderont peut-être
ce que je pense sur la préférence à donner aux Rayoles de
M. Moriès ou à celles de M. Robion. Ma réponse ne se fera
pas attendre; la voici: toute comparaison cloche; *je ne pro-
nonce point entre Corneille et Racine,* je me contente de jouir
avec délices de leurs chefs-d'œuvre.

LE BON PASTEUR.

Couplets chantés, en Juin 1824, à Mᵣᵣ. l'Archevêque de Paris, par les Élèves-pensionnaires du Couvent de ***, rue de Sèvres, maison dite des Oiseaux.

.....Tibi lilia plenis
Ecce ferunt nymphæ calathis....
VIRGILE.

AIR: *Si Pauline est dans l'indigence.*

O jour charmant, jour d'allégresse,
Du printemps jour le plus heureux !
Plus de regrets, plus de tristesse,
L'Eternel exauce nos vœux :
Que la nouvelle s'en répande ;
Chantons, mes sœurs, chantons en chœur
Des faveurs du ciel la plus grande,
La visite du bon pasteur.

Ce qu'est pour la terre arrosée
D'un beau soleil le doux rayon ;
Ce qu'au printemps est la rosée
Pour les fleurs, les fruits, la moisson ;
Ce qu'est pour la mère inquiète
D'un fils un mot consolateur,

Telle est pour nous, dans cette fête,
La présence du bon pasteur.

D'un troupeau sans expérience
Si quelques brebis s'égaraient,
Nos mères, par leur vigilance,
Au bercail les ramèneraient :
Nos succès sont leur récompense ;
Mais un prix encore plus flatteur,
C'est, chacune l'a dit d'avance,
Le suffrage du bon pasteur.

Grand Dieu! fais que ce monastère,
A l'abri de tes saintes lois,
Par les vertus brille et prospère ;
De l'innocence entends la voix !
Pour que jamais l'affreuse Envie
Ne trouble ici notre bonheur,
Conserve à ta maison chérie
Le noble appui du bon pasteur.

Bientôt loin de notre présence
D'autres devoirs l'appelleront ;
Nous gémirons de son absence,
Mais partout nos cœurs le suivront.
Qui, pour nous abrégeant l'année,
Nous rappellera la douceur

De cette immortelle journée?
Le souvenir du bon pasteur.

Lorsque ma muse encor novice
A chanter ici s'exerçait,
Sans mesurer le précipice,
Au Parnasse elle s'élançait;
Des accens qu'elle a fait entendre
Le succès serait si flatteur!
Il eût fallu, pour y prétendre,
L'éloquence du bon pasteur.

LE MARI PRÉVOYANT.

—TA femme, j'en conviens, est en très-grand danger.
Mais de ses maux crois-tu la soulager,
En appelant dix médecins près d'elle?
Un seul suffirait bien : dans cet art infidèle,
Plus qu'il ne sert souvent le nombre nuit,
Et tel gît maintenant dans l'éternelle nuit,
Qui vivrait comme nous, si d'un seul Esculape
Il avait pris conseil.—Je le sais bien, mon cher,
Mais je n'aurai du moins rien à me reprocher
Si ma femme en réchappe.

ÉLOGE DE SAINT-OUEN. *

RONDE.

AIR *du quart-d'heure de Rabelais.*

NYMPHES à qui de la Seine
Jupin confia le soin,
Je veux de votre domaine
Chanter le plus joli coin,
De vous j'ai grand besoin ;
Guidez ma voix incertaine ;
Ne me refusez point,
Ensemble chantons Saint-Ouen.

Le goût, les Muses, les Grâces,
Ici règnent à la fois ;
Le Plaisir y suit leurs traces ;
Lui seul y donne des lois :
Pour nous charmer, Saint-Ouen
A des moyens efficaces ;
Ailleurs on ne voit point
Tout ce qu'on voit à Saint-Ouen.

* Joli petit village des environs de Paris, sur les bords de la Seine.

La liberté qu'on nous vante,
Qui pour l'homme est un besoin ;
En France n'est qu'apparente ;
De fait on n'en jouit point ;
 Pourtant je suis témoin
Que la déesse inconstante
 Règne en un certain coin ;
Cet heureux coin est Saint-Ouen.

Ici l'on dit ce qu'on pense ;
Ici l'on fait ce qu'on veut ;
Ici l'on chante, ou l'on danse,
Ou bien l'on dort si l'on peut :
 Trouvez-moi donc un coin,
Un pays dans notre France,
 Où l'on soit, en tout point,
Aussi libre qu'à Saint-Ouen.

Tout plaît ici, tout enchante,
Chacun y vit satisfait ;
On y vient l'âme contente ;
On ne s'en va qu'à regret :
 Des plaisirs de Saint-Ouen
L'image toujours présente,
 De près comme de loin
Fixe, ou ramène à Saint-Ouen.

Que de gloire un simulacre
Mène un conquérant bien loin ;
Qu'il parvienne à Saint-Jean d'Acre
Pour en chasser le Bédouin ;
 Je voyage moins loin ;
Il me suffit d'un bon fiacre
 Qui par fois au besoin
Vîte m'amène à Saint-Ouen.

A M. V***,

A L'OCCASION DU MARIAGE DE SA FILLE AVEC M. DESCHAMPS, AVOUÉ.

Après-demain à votre fille
Voulant donner la clé des champs,
En très-bon père de famille,
Vous la confiez à Deschamps :
Plaisirs, bonheur suivront leurs traces ;
A l'Amour leur sort est remis ;
 L'un est avoué par Thémis,
 L'autre l'est par les Grâces.

3

FRAGMENS

D'UNE ODE ADRESSÉE A FEU CAMBACÉRÈS,

DE GASTRONOMIQUE MÉMOIRE.

> Non pô est Amphitryo, et famâ super œthera notus.
>
> TÉRENCE.

INSPIRE-MOI, dieu qu'on révère,
Dieu du bon vin et des bons mots,
Du plaisir, de l'amour, du repos,
Et surtout de la bonne chère !
Que, rapide comme un torrent,
Le vin dans mon gosier descende ;
Grand appétit, soif bien plus grande ;
Fut-il jamais rien d'aussi grand ?

Les droits que donne l'opulence
Par cent motifs sont affaiblis,
Dès qu'ils cessent d'être ennoblis
Par le mépris de l'abstinence.
En vain voudrait-on renverser
Une opinion aussi sage ;
L'homme digne d'un héritage
Est celui qui sait dépenser.

Que de goût, de magnificence
Sur nos tables, dans nos maisons!
Tous les lieux, toutes les saisons
Offrent leur tribut à la France.
Lucullus, que je révérais,
A Rome tenait table ouverte;
Mais puis-je déplorer sa perte
Quand mon siècle a Cambacérès?

Dans les langes de la routine
L'art de manger dormait encor;
Il parle : l'art prend son essor,
Libre du joug qui le domine.
Le premier d'une nation,
Des nations la plus gourmande,
Le nom de ce gourmet commande
L'amour et l'émulation.

Pourquoi les enfans d'Esculape,
Trop prompts à nous inquiéter,
A table vont-ils tourmenter
Le malade qui leur échappe?
Dans leurs soins ainsi prolongés
Leur zèle éclate en apparence;
Mais ils n'ordonnent l'abstinence
Que pour être mieux partagés.

3*

Dieu des buveurs, dieu d'Epicure,
Dompte, confonds tes ennemis;
Que tous les gens sobres soient mis
A l'eau pour toute nourriture!
Mais si toujours ta sainte loi
Fut pour moi la loi souveraine,
Fais que jamais vin de Surêne
Ne s'offre à table devant moi!

LE MARI IRRÉPROCHABLE.

Aux règles que prescrit l'Hymen,
Jean se montre toujours fidèle;
Et d'après un mûr examen
Des maris il est le modèle:
Avec sa femme sur ce point,
Craignant les propos, le sarcasme,
Non, Jean ne se permettrait point
Même un très-léger pléonasme.

LA GRAMMAIRE LATINE CORRIGÉE.

Sans la langue, en un mot, l'auteur le plus divin
Est toujours, quoi qu'il fasse, un méchant écrivain.
BOILEAU.

AIR: *Il faut quitter ce que j'adore.*

Vous qui de la langue latine
Avez appris le rudiment,
Vous souvient-il de la doctrine
Qu'on y proclame insolemment?
Ce code de règles barbares
Que bien loin de moi j'ai banni,
Ne dit-il pas, ô les ignares!
Multùm aquæ, parùm vini? (bis.)

Multùm aquæ! peut-on rien dire
De plus faux, de plus dangereux?
Parùm vini! Mais quel délire!
Quel principe plus monstrueux!
Retenez donc bien ce précepte:
S'il s'agit d'eau, dites: *parùm;*
Et si vous n'êtes pas inepte,
En fait de vin, dites: *multùm.*

Quand Dieu voulut punir le monde
De ses longues iniquités,
Multùm aquæ! dit-il, et l'onde
Se répandit de tous côtés :
Malgré la croix et la bannière,
Vraiment de nous c'était fini,
Si, quand Dieu faisait tant d'eau claire, *
Noé n'eût fait *multùm vini.*

Rendons hommage à ce grand homme,
Qui, dans le chaos général,
A ses descendans apprit comme
On peut réparer un grand mal.
Veut-on honorer sa mémoire?
Veut-on que son nom soit béni?
Qu'ici chacun jure de boire
Parùm aquæ, multùm vini.

---

* Je me trompe : l'eau du déluge était fort trouble ; il y
avait à boire et à manger : aussi, quoique bien et dûment
lavé et rincé, le pauvre genre humain n'en fut pas plus propre
pour cela ; aussitôt après la lessive, les iniquités recommen-
sèrent de plus belle.   (*Historique.*)

ON NE MEURT PAS DE CES COUPS-LA.

Levius fit patientiâ
Quidquid corrigere est nefas.
Horace.

Air: *Ah! vous avez des droits superbes.*

S'il est vrai que, dans cette vie,
Le mal l'emporte sur le bien;
S'il faut de la philosophie
Au musulman comme au chrétien;
Des coups du sort tâchons de rire;
Jamais le sage ne pleura:
Heureux tant que nous pourrons dire:
On ne meurt pas de ces coups-là!

Par le feu du ciel quand Sodome
En cendres fut réduite un jour,
Ses habitans apprirent comme
Les gens honnêtes font l'amour.
Du malheur de tant de familles,
Loth en secret se consola,
En faisant dire à ses deux filles:
On ne meurt pas de ces coups-là!

Si les amans de ma maîtresse
Me remplacent de temps en temps;
Ne croyez pas que ma tendresse
S'alarme de tels accidens;
Faudra-t-il donc qu'inconsolable
Je me mette au lit pour cela?
Mon Dieu! non : je me mets à table,
On ne meurt pas de ces coups-là!

Jadis le vaillant Holopherne
Par Judith eut le cou coupé;
L'action est tant soit peu terne,
Puisqu'ensemble ils avaient soupé.
Victime d'un tendre délire,
Le héros, quand il s'éveilla,
Ne trouva plus de voix pour dire :
On ne meurt pas de ces coups-là!

Au moment où je vous regarde,
S'il arrive que mon voisin,
Ou par malice, ou par mégarde,
Me verse moins d'eau que de vin;
Mes chers amis, n'allez pas croire
Que je le gronde pour cela;
Mon verre est plein?... je vais le boire;
On ne meurt pas de ces coups-là!

Lorsque ma muse a l'imprudence
De chanter ici sans façon;
Ne pensez pas qu'à l'indulgence
Je recommande ma chanson,
Non; pour peu qu'elle vous déplaise,
Ne vous gênez pas sur cela,
Sifflez, sifflez tout à votre aise,
On ne meurt pas de ces coups-là!

ACROSTICHE.

C harmer les yeux, l'esprit, le cœur;
A ux talens joindre la sagesse;
R éunir vertus et fraîcheur;
O ublier, dans sa gentillesse,
L 'art, ses droits, même ses attraits,
I gnorer tous ses avantages;
N 'est-ce donc pas, et pour jamais,
E tre digne de nos hommages?

COUPLETS

Chantés au Mariage de mademoiselle Aglaé L**, mon élève,
avec M. T**.

Omnia vincit amor, et nos cedamus amori.
VIRGILE.

Air : *Quand l'Amour naquit à Cythère.*

Il est donc vrai que tout s'altère,
Que tout subit la loi du temps!
Le goût, les mœurs, le caractère,
Hélas! tout change avec les ans.
Qui l'eût dit? moi, qui de morale
Vous entretenais chaque jour,
J'ose aujourd'hui; ciel, quel scandale!
Aglaé, vous parler d'amour!

Mais quoi! ce mot doit-il surprendre;
Et faudrait-il rougir d'aimer!
Vous-même avez su nous l'apprendre;
On peut sans crime s'enflammer :
Pour les vertus les plus sévères,
Pour ses devoirs de chaque jour,
Et pour la plus tendre des mères
Qui jamais montra plus d'amour?

Que n'ai-je de l'auteur d'un *Rêve**
Le pinceau tendre et gracieux!
Fraîche comme Iris ou comme Ève,
Aglaé me comprendrait mieux.
Sans les miracles de l'Aurore
Je rajeunirais en ce jour,
Et ma muse pourrait encore
En traits de feu peindre l'amour.

Les conseils de l'expérience
Sont utiles, même en chansons;
Par un avis plein de prudence
Je termine donc mes leçons :
Pour que votre amour se conserve
Vif et pur comme au premier jour,
Aimez bien, mais, avec réserve,
Mordez à la grappe d'amour.

Cependant cultivez la vigne
Qui porte de ces grappes-là;
Et par vos soins rendez-vous digne
Des biens dont l'amour vous combla :
Point de froideur, d'indifférence;
Travaillez la nuit et le jour;

---

* Quelque temps avant son mariage M. T. avait composé, pour la fête de sa future épouse, une très-jolie pièce de vers, intitulée *le Rêve.*

Je vous promets, en récompense,
Dans neuf mois un petit Amour.
L'hymen est un pélerinage
Dont le plaisir trace le cours;
Ah! que d'attraits dans ce voyage!
Mais peut-on voyager toujours?
Du repos qu'Amitié profite;
Daignez l'accueillir à son tour :
Sûre et fidèle, elle mérite
De servir d'escorte à l'Amour,

IMPROMPTU

A M. B**, père de deux de mes élèves, qui, de retour d'un assez long voyage, était venu me voir, et s'était fait précéder d'un panier de 5o bouteilles de vins choisis.

Les dieux, par des bienfaits, annoncent leur présence;
Bacchus m'a visité ; je sens son influence :
Un air inspirateur circule dans ces lieux;
Oui, mon génie éteint retrouve tous ses feux.
Tel, quand d'épais brouillards, sombres enfans de l'onde,
Attristent la nature, obscurcissent les cieux,
Le soleil reparaît, plus pur, plus radieux,
    Pour ranimer et consoler le monde.

AUTRE IMPROMPTU,

À LA SORTIE DE L'OPÉRA, APRÈS AVOIR VU DANSER D**.

DANS ce palais des demi-dieux
Où le goût, les beaux arts, les Grâces ont leur temple,
Quel est donc ce mortel qu'avide je contemple?
Je le cherche sur terre, il plane dans les cieux!
    C'est D**, dont la molle aisance,
      La légéreté, l'élégance,
Etonnant ma raison, mon esprit et mes yeux,
De mes sens transportés doublent la jouissance.
Dans ses folâtres jeux exprimant tour-à-tour
    La volupté, le sentiment, l'amour,
    On l'aperçoit, jouant avec les Grâces,
    A chaque pas éveiller un désir,
    Et ne laisser après lui d'autres traces
      Que les traces du plaisir.

MES VISITES DU JOUR DE L'AN.

....Hoc erat in votis.
HORACE.

Paris, le 1er Janvier.

CONTRE moi depuis trop long-tems
Les Dieux se montrent en colère ;
J'ai beau les prier, j'ai beau faire,
Mes vœux, mes cris sont impuissans,
Et tout va son train ordinaire ;
Ah ! ce n'est pas ainsi qu'un père
En agit avec ses enfans.
Il fait le plus beau temps du monde,
Quand je demande, pour nos champs,
De l'eau. Si je veux du beau tems,
Il pleut et le tonnerre gronde ;
La foudre est toujours dans leurs mains ;
Non, les Dieux ne sont pas humains.
Je ne sais point ce qui leur donne
Contre moi chétif tant d'humeur ;
Je ne suis plus un grand pécheur,
Je ne fais de mal à personne,

A mes ennemis je pardonne,
Et je n'ai pas un mauvais cœur.
Mais puisque tel est leur système;
Puisque mes vœux sont superflus,
De vœux ne les fatiguons plus
Ni pour moi, ni pour ceux que j'aime.
Si l'on jugeait avec rigueur
Ce parti qui vous semble extrême,
Je répondrais à mon censeur :
Mon excuse est mon amour même,
Je crains trop de porter malheur.
Mais vous que le plaisir couronne,
Et qu'aucun débris n'environne;
Vous-mêmes qu'un sort ennemi
N'a frappés encor qu'à-demi,
Faites des vœux pour ma personne,
Et des biens que le ciel vous donne
Demandez une part pour moi.
De l'usage observant la loi,
Venez donc, à l'heure ordonnée,
Me souhaiter la bonne année.
Souhaitez-moi plaisirs, gaîté,
Un peu d'aisance et la santé,
Tout ce que les Dieux m'ont ôté.
Souhaitez-moi, pour mon usage,
Quelques flacons d'un bon vin vieux
De Pomard ou de l'Hermitage;

De vrais amis, un ou bien deux ;
Un esprit droit, facile et sage,
Et, pour égayer mon ménage,
Jeune fillette de quinze ans , *
Aux yeux bleus, au gentil corsage,
Accorte, espiègle et pourtant sage,
Mais un peu forte pour son âge.

Mes amis, vous blâmez tout bas
Ce dernier vœu qu'ici j'exprime ,
Et vous y voyez presqu'un crime :
Non, non, ne vous alarmez pas ,
Mes derniers vers sont pour la rime.

---

* L'auteur n'était pas marié lorsqu'il composa ses *Visites*.

LA CHAUMIÈRE,

A L'OCCASION DU MARIAGE DE M. A** AVEC
MADEMOISELLE VIRGINIE H**.

Connubio jungam stabili, propriamque dicabo.
VIRGILE.

AIR: *J'étais bon chasseur autrefois.*

Un auteur fier de ses succès
Prend pour génie un peu d'audace,
Et s'imagine avoir accès
Près des vierges du mont Parnasse :
Plus modeste, le troubadour
Pour muse n'a que sa bergère;
Ses chants, sa lyre, son amour,
Il les consacre à la Chaumière.

L'Amour habite rarement
Sous les lambris de l'opulence;
Là, de son frère vainement
L'Hymen réclame l'assistance :
Mais veut-on voir ces dieux charmans
Marcher sous la même bannière?
Veut-on voir des époux amans?
Ce soir qu'on vienne à la Chaumière.

4

Ici l'on trouve réunis
Amour, grâces et gentillesse ;
De bons parens, de vrais amis
Ici tout nous peint l'allégresse :
Chez les grands, franchise et gaîté
Sont là comme en terre étrangère ;
Mais tous les cœurs sont de moitié
Dans les plaisirs de la Chaumière.

Virginie est pleine d'attraits ;
Elle les a tous en partage ;
Sur cet article je voudrais
Pouvoir m'étendre davantage ;
Mais, halte-là, dit la pudeur
Qui craint la confidence entière,
N'oubliez-pas, monsieur l'auteur,
Qu'on est encore à la Chaumière.

De l'Amour serrez bien les nœuds,
Couple charmant qu'Hymen engage ;
Que, dans neuf mois, le nombre *deux*
Augmente *d'un* votre ménage :
Par l'enseignement mutuel
S'accomplira ce doux mystère,
Si le *Moniteur* ponctuel
Souvent se montre à la Chaumière.

Par des soins tendres et constans
Embellissez votre carrière;
Et puissiez-vous, dans cinquante ans,
Retrouver votre ardeur première!
Sans la flétrir, cueillez toujours,
Cueillez la rose printannière,
Et, jusque dans vos derniers jours,
Aimez-vous comme à la Chaumière.

LA FONTAINE DE GRENELLE.

AIR: *J'étais bon chasseur autrefois.*

AUTREFOIS en l'honneur du vin
Mu muse se faisait entendre :
Chez moi quel changement soudain !
Amis, je vais bien vous surprendre ;
Contre l'eau, j'en conviens ici ,
Ma haine n'est point éternelle !
Qui donc m'a pu changer ainsi?
C'est la fontaine de Grenelle.

L'artiste, dans nos monumens ,
Croit retrouver l'ancienne Rome ;
Mais combien de faux jugemens
Dans plus d'un docteur qu'on renomme !
N'avons-nous pas vu des savans
Préférer, ô honte éternelle !
La fontaine des Innocens
A la fontaine de Grenelle ?

Je ne boirai pas de ton eau
Ne se dit pas de ma fontaine :

Chévrier * en a plus d'un tonneau
Qui vaut, certes, l'eau d'Hyppocrène.
Que tout franc épicurien
Retienne cet avis fidèle :
« On ne se désaltère bien
» Qu'à la fontaine de Grenelle. »

Nos pères ont beaucoup vanté
Jouvence et les eaux de Vaucluse ;
Quel poète n'a pas chanté
Castalie et même Aréthuse ?
Toutes ces fontaines pourtant
Qu'avec emphase on nous rappelle,
Feraient de l'eau claire à présent
Près la fontaine de Grenelle.

Socrate et Diogène jadis
Cherchaient des amis et des hommes :
Que ne vivaient-ils à Paris ,
Et surtout au siècle où nous sommes !
En nous voyant, avec raison
Diogène eût soufflé sa chandelle ;
Socrate eût bâti sa maison
Près la fontaine de Grenelle.

---

* Restaurateur distingué , placé tout près de la fontaine.

Par ces couplets rimés sans art
Votre oreille est-elle blessée ?
Parlez sans contrainte, sans fard ;
Dites toute votre pensée.
Trouvez-vous mauvais mes refrains,
Ma chanson peu spirituelle?
Eh bien! je m'en lave les mains
A la fontaine de Grenelle.

A PIERRE G**,

LE JOUR DE SA FÊTE.

AIR: *Femmes, voulez-vous éprouver.*

PIERRES servent à bien des fins;
Les maisons se font avec elles;
On en jette dans nos jardins;
On en pare le doigt des belles:
Ces pierres sans doute ont leur prix,
Je ne conteste pas leur gloire;
Mais je préfère, à table assis,
Les Pierres qui versent à boire. *bis.*

Tu es Petrus : Jésus l'a dit;
Petrus, id est, bon prince;
Habebamus grand appétit;
Sitim quæ n'était pas mince:
Nobis dedisti du bon vin;
Fecimus tecum bonne chère:
Cantemus donc jusqu'à demain
Dotes eximias de Pierre.

Conjux et filia ici
Merentur quoque notre hommage:

Quod Deus conjunxit ainsi
Separare serait dommage :
Si Deus exaudit nos vœux,
Perlonga fiet leur carrière,
Tresque semper erunt heureux
Si Dieu n'a pas un cœur de pierre.

A Mlle AMÉLIE V**,

QUI M'AVAIT FAIT PRÉSENT D'UN CURE-DENTS.

Du plus joli des cure-dents
Qui m'est donné par Amélie
De bon cœur je la remercie ;
Mais devant elle, de ma vie,
N'en userai, dans aucun temps,
Pour ne pas lui montrer les dents.

L'HOMME DU JOUR.

—

Hier, chez Hortense, un essaim de femelles
S'entretenaient, en tout bien, tout honneur,
De leurs maris. Les uns étaient fidèles;
D'autres avaient de l'esprit, un bon cœur;
De celui-ci c'est la douceur qu'on vante;
Celui-là plaît sans être complaisant :
Philidor est d'une gaîté charmante;
Cléon est froid, mais il est indulgent.
Quand on en vint au mari de l'hôtesse,
Soit vérité, convenance ou bon ton,
Damis, sur tous, doit l'emporter, dit-on;
Il réunit talens, délicatesse,
Grâces, esprit; il enchante, il séduit;
Et c'est vraiment l'homme par excellence,
L'homme du jour. — Hélas! répond Hortense,
Que ne l'est-il quelquefois de la nuit?

ÉPIGRAMME.

A raisonner d'amour Lambinet s'évertue ;
C'est un diable vraiment, un lutin, un tison ,
Près des belles aussi toujours il a , dit-on,
Marchant rapidement, à grands pas... de tortue ,
Perdu ses pas, ses vers, son temps et sa raison.

A UNE TRÈS-JOLIE FEMME,

DONT LA FILLEULE ÉTAIT NÉE A SEPT MOIS.

Avant le temps marqué par la nature
    Si cette enfant a voulu voir le jour,
N'en soyons point surpris; de l'instinct la voix sûre,
Un secret sentiment de plaisir et d'amour,
En trompant nos calculs, nous ont valu ce tour.
Qui pourrait la blâmer ? Sans orgueil, sans envie,
Mais fière de l'honneur qui l'attend au berceau,
Louise s'est hâtée, et, brisant son réseau,
Elle arrive un peu vîte aux portes de la vie.
Ah ! son excuse est prête, et chacun l'a saisie :
Il lui tardait de voir Marraine si jolie !

CHARADES ET LOGOGRYPHES.

1.

QUAND j'ai mes quatre pieds, je ne connais personne
 Qui veuille se charger de moi :
Chacun, sans balancer, à son prochain me donne,
 Me rejetant bien loin de soi;
Mais si vous me coupez et les pieds, et la tête,
 Qui, chez moi, ne diffèrent pas,
Chacun me fait alors un accueil fort honnête,
 Et l'on me trouve plein d'appas.

2.

 Du sort pourquoi faut-il que tout dépende?
 Si du héros qui montait mon dernier
  La blessure eût été moins grande,
 On l'aurait vu, guéri par mon entier,
  Couvert d'honneurs, sur mon premier.

3.

  Pressez bien mon premier;
  Effacez mon dernier;
  Et croquez mon entier.

4.

Sur quatre pieds, lecteur, je t'accable d'effroi;
Si tu m'en ôtes deux, tu ne chéris que moi.

5*

5.

Rampant, mordant, mal-propre, mon premier
Foule à ses pieds le siége du génie ;
Du doux nectar par qui chagrin s'oublie
Mon second offre un résidu grossier ;
Et, par mon tout, de la cave au grenier,
On peut monter, descendre à fantaisie,
Sans avoir peur de gâter l'escalier.

6.

Avec cinq pieds, en certaine saison,
Je suis, lecteur, un meuble fort utile ;
Plus d'une fois, rentrant dans ta maison,
Autour de moi tu cherchas un asile :
Mais si toujours je sers avec chaleur,
Garde-toi bien de m'arracher le cœur :
Du globe alors je franchirais l'espace,
Pour ne t'offrir qu'un point froid comme glace.

7.

Je suis, avec cinq pieds, du règne minéral :
  Au rang des jeux on me met avec quatre ;
Avec trois j'appartiens au règne végétal ;
Sur deux je suis pronom ; et, finissant d'abattre,
  Vous trouverez, au dernier pied restant,
Une valeur égale à la moitié de cent.

LE PETIT HOMME.

CONTE.

Contre son avocat, pour deux causes perdues,
    Mathieu, justement irrité,
    Appelait la foudre des nues,
    Par le désespoir excité.
    Dans les transports de sa colère,
    Il vole chez l'homme de loi :
Il arrive essouflé, ne se possédant guère,
Tranquille, comme on peut l'être en pareille affaire.
  —Qui frappe?—Ouvrez.—Qui donc?—C'est moi;
    Je suis Mathieu. Que le tonnerre.....
      — Mais, qu'avez-vous, mon cher enfant ?
    Dit aussitôt la tremblante Céphise,
    Au logis seule en cet instant.
—Rien. Je veux voir monsieur.—Attendez un moment;
    Il va rentrer; je le crois à l'église ;
    Asseyez-vous en attendant.
    — Non; je n'aurai point de repos, madame,
Qu'à votre sot mari je n'aie arraché l'âme.
Malheureux ! je l'avais chargé de deux procès,
    Seul espoir de mon existence;
    Certain en était le succès :

Je les perds tous les deux, et par son ignorance !
A quel homme j'avais donné ma confiance !
   — N'êtes-vous pas trop prompt à l'accuser ?
— Que ne vous-êtes vous trouvée à l'audience ?
Vous ne chercheriez pas, madame, à l'excuser.
  Pitoyable était sa défense :
 Petite voix, et petite éloquence,
  Petits moyens, petit esprit,
 Petit génie en tout ce qu'il a dit ;
  Petits talens, petite vue,
 Petite.... Oh ! dit, tout bas, Céphise émue,
  Oui, c'est bien lui, sans contredit ;
Mais du moins, s'il n'avait que cela de petit !

ÉNIGME.

Sɪ je sers d'instrument à certain animal
Lorsqu'à quelques sujets il déclare la guerre,
Et si je blesse au vif, surtout quand il me serre,
Aussi j'offre au besoin un abri salutaire
Aux membres délicats du règne végétal.

A, DE, PAR, POUR, VERS, SUR

MARGUERITE.

Air : *Bouton de rose.*

A Marguerite
J'offre mes vœux et ma chanson ;
A la fêter tout nous invite ;
Pour le cœur qui préfère-t-on
A Marguerite? (*bis.*)

De Marguerite
On vante l'amabilité ;
Avec éloge chacun cite
L'esprit, les grâces, la gaîté
De Marguerite.

Par Marguerite
Tout s'anime, tout s'embellit :
Veut-on célébrer le mérite?
Et l'on commence et l'on finit
Par Marguerite.

Pour Marguerite,
Le ciel, je le sais, a tout fait ;
Pourtant je ne le tiens pas quitte,

Qu'il n'assure un bonheur parfait
        Pour Marguerite.

Vers Marguerite,
Les yeux, les cœurs, tout est tourné ;
A peine la voit-on, et vîte
Comme l'on se sent entraîné
        Vers Marguerite !

Sur Marguerite
Voilà plus d'un couplet de fait ;
Mais s'il savait tout son mérite,
Ah ! comme l'auteur s'étendrait
        Sur Marguerite !

LES DEMANDEURS D'AVIS.

D'HYMEN veut-on subir les lois ?
De faire un livre a-t-on la rage ?
Déjà l'amant a fait un choix ;
Déjà l'imprimeur tient l'ouvrage ;
Alors à l'usage soumis,
L'amant, l'auteur toujours honnête,
Court prendre avis de ses amis....
Pour n'agir que d'après sa tête.

A MADAME LAVIGNE, *

QUE JE VOYAIS POUR LA PREMIÈRE FOIS, LE JOUR DE
SA FÊTE.

AIR: *Femmes, voulez-vous éprouver.*

DE l'hommage d'un inconnu
Vous ne sauriez être flattée;
Jamais par le premier venu
Désira-t-on d'être fêtée?
J'élèverai pourtant la voix;
De nos chants vous êtes si digne!
Moi, par goût, quand je l'aperçois,
Aussitôt je chante Lavigne. (*bis.*)

Je n'aurai garde de citer
Chaque vertu qui chez vous brille;
A-t-on le temps de les compter
Quand on connaît votre famille?
S'arrêter en si beau chemin!
Qu'avec regret on s'y résigne!

---

* Mère de M. Casimir Delavigne, membre de l'Acadé-
mie française.

Gaîté, plaisirs, joyeux refrain,
Ne les doit-on pas à Lavigne?

Par le déluge universel
Quand Dieu lava la tête au monde,
Noé fut, ô l'heureux mortel!
Exempt de barboter dans l'onde.
Mais, veut-on savoir pourquoi Dieu
Lui fit cette faveur insigne?
C'est qu'à genoux Noé fit vœu
De donner au monde Lavigne.

PHÈDRE,

TRAGÉDIE EN UN ACTE;

PARODIE

DU CINQUIÈME ACTE DE CELLE DE RACINE,

Chef-d'œuvre de raison, de génie et de goût, dont le plan
seul est le fruit de trente années de méditation. *

At regina gravi jamdudùm saucia curâ,
Vulnus alit venis, et cœco carpitur igni.
VIRGILE.

* Cette parodie fut composée, apprise et jouée dans l'intervalle de trois
fois vingt-quatre heures.

COUPLET D'ANNONCE.

Artistes sans prétention,
Nous avons besoin d'indulgence ;
En faveur de l'intention
Daignez nous rassurer d'avance.
Un mot peut nous désespérer ;
Ce mot, gardez-vous de le dire ;
Et n'allez pas faire pleurer
Des gens qui ne veulent que rire.

PHÈDRE.

SCÈNE PREMIÈRE.

HIPPOLYTE, ARICIE, ISMÈNE.

ARICIE.

Je puis donc aujourd'hui parler la bouche ouverte !
La robe qu'on me donne est-elle jaune ou verte ?
Mes festons, mes rubans sont-ils tous bien aunés ?

HIPPOLYTE.

La moutarde bientôt va me monter au nez.

ARICIE.

Quoi ! vous pouvez bouder en ce cancan extrême,
Et laisser dans la crotte un papa qui vous aime !
Par amour pour la truffe il vit à Périgueux....

HIPPOLYTE.

Mais avec ce goût-là, ma chère, on périt gueux.

ARICIE.

A qui le dites-vous ? Lorsque j'en suis partie
Pour certaines raisons...

HIPPOLYTE.

J'aime la modestie ;

Et lorsqu'en fils soumis je parle de papa,
Ne m'interrompez point par un *mea culpa*.
Il arrive, il arrive, et, dès ce matin même,
J'allais sauter au cou de ce barbon que j'aime,
Lorsque Phèdre...

ARICIE.

Arrêtez. Jaloux de son pouvoir,
Il se bouche le nez afin de n'y plus voir.
Mais vous, turc, vous quittez la sensible Aricie!
Et pourquoi? pour aller grelotter en Russie.
Ah! faites-vous plutôt saigner au blanc des yeux,
Et que le cher papa rengaine enfin ses vœux.
Il en est temps encor. Mais par quel commérage
Votre grosse dondon a sur vous l'avantage?
Supplantez donc le vieux.

HIPPOLYTE.

Va, comme tu l'as dit.
Ai-je pu me coucher sur un si mauvais lit?
Devais-je, en lui mettant les yeux sur la lunette,
D'une noire rougeur colorer sa pommette?
Vous seule avez percé cet aposthume affreux,
Tout en faisant briller la cuvette à mes yeux.
Je n'ai pu vous cacher, jugez si je vous aime!
Ni mon torticolis, ni ma pâleur extrême:
Mais songeant quel fagot je vous ai révélé,
Croyez qu'en nous parlant nous n'avons pas parlé;

Cher cœur, et que jamais une bouche si large
Ne s'ouvre pour conter une farce si charge.
Au ciel toujours bonace osons nous confier;
N'est-il pas las enfin de nous mystifier?
Oui, Phèdre, l'an prochain, regrettant ses fredaines,
De tous ses coups fourrés supportera les peines,
Il faut, quand on a mis tant d'hommes aux abois,
Madame, tôt ou tard qu'on s'en morde les doigts.
Cela s'est toujours vu. De ce point d'importance
Faites vous donc, princesse, un cas de conscience;
Et, soumettant vos goûts aux lois de la raison,
Croyez que l'arsenic fut toujours un poison.

ARICIE.

D'une telle homélie, oui, je suis enchantée;
Pourtant j'aimerais mieux que vous l'eussiez chantée.

HIPPOLYTE.

Point de plaisanterie, elle me déplairait;
N'ayant rien à me dire, une autre se tairait.
Sortez de la cuisine où vous êtes réduite,
Ou, comme un gros dindon, je vous verrai cuite;
Arrachez-vous d'un lieu sale et toujours crotté,
Où je n'ai jamais vu ni poulet ni pâté.
Profitez, pour cacher vos méchantes guenilles,
De ce gros sac de nuit où je mets mes béquilles.
Je vous puis de la fuite assurer les moyens;
Vous n'avez jusqu'ici de gardes que mes chiens:

Trois ou quatre coquins prendront notre querelle,
Pantin nous tend les bras et Bondi nous appelle.
Pour leurs bons habitans, là nous jouerons Cri-cri;
Ma grosse belle-mère, au lieu d'un pot-pourri,
De sa voix glapissante entonnant cent fadaises,
Endormira ces gens, de s'endormir fort aises.

ARICIE.

Un rat est bientôt pris, s'il ne connaît qu'un trou;
Il fallait ménager...

HIPPOLYTE.

Qui?

ARICIE.

La chèvre et le chou.
Phèdre veut aujourd'hui nous chasser l'un et l'autre,
Et promet à Gros-Jean ma perruque et la vôtre.

HIPPOLYTE.

L'occasion est belle; il faut nous embrasser.
Eh quoi! vous rechignez? vous voulez balancer?
Votre minois tout rond m'inspire cette audace;
Quand tout est feu chez moi, chez vous tout est de glace;
Sur les pas d'un bandit craignez-vous de marcher?

ARICIE.

Ah! combien ce bandit à mon cœur devient cher!
J'aime en vous ces mollets, ce nez, cette carrure,
Signes toujours certains d'une belle-nature.

Hercule, votre ami, la perle des héros,
Dont les femmes surtout admirent les travaux,
Avec moins de succès aurait rempli ses charges,
S'il n'eût reçu du ciel des épaules fort larges;
Prince, je m'y connais; le coup-d'œil est mon lot,
Je sais ce qu'en vaut l'aune, ou le mètre, en un mot.

HIPPOLYTE.

Vous savez où le mettre? ah! je le sais de même,
Un grand homme l'a dit: on sait tout quand on aime.
Mais nous philosophons, c'est perdre notre temps;
Philomèle jamais ne chante qu'au printemps.
Eh quoi! vous vous grattez? auriez-vous donc la gale?

ARICIE.

Une démangeaison jusqu'ici sans égale
Me force à me gratter et le jour et la nuit.

HIPPOLYTE.

Mais ignorez-vous donc que trop se gratter cuit?

ARICIE.

Je ne puis plus long-temps souffrir que l'on m'offense,
Et je veux désormais dire ce que je pense.

HIPPOLYTE.

Ouvrez-moi votre cœur.

ARICIE.

              Dans l'espace d'un mois
Vous m'avez, sans rougir, manqué deux ou trois fois.

HIPPOLYTE.

Qui? quoi? moi vous manquer? quelle erreur est la vôtre !
Votre esprit nébuleux me prend-il pour un autre?

ARICIE.

Je ne vous entends pas.

HIPPOLYTE.

Tant mieux. Vous me charmez.
Mais que je sache au moins, belle, si vous m'aimez.

ARICIE.

Dans quels trémoussemens à votre sort liée,
De tous les myrmidons je vivrais oubliée !
Mais un chemin si long, si dur, pourtant si doux,
Puis-je, de bonne foi, l'entreprendre avec vous?
Vous m'adorez, petit, et voulez qu'à l'armée....

HIPPOLYTE.

Oui. Non. Je crains sur vous les yeux de Laramée.
Un plus beau tape-cul m'amène devant vous,
Lâchez et père et mère, et suivez votre époux.
Qu'avant l'hymen jamais femme ne s'émancipe,
Comme disait saint Paul parlant à saint Philippe ;
Mais après, elle peut user un peu de tout ;
Le sacrement pour elle est un passe-partout.

ARICIE.

Eh quoi ! me prenez-vous pour une sœur converse?

HIPPOLYTE.

Dans vos moindres discours l'amour du plaisir perce.
Mais, sœur converse ou non, vous n'en serez pas moins
Le premier, le second, le dernier de mes soins.
Les arbres de Senlis, témoins de mes tendresses,
N'égaleront jamais en nombre mes caresses.

ARICIE.

On sonne. Décampez. Ah! que vous êtes lent!
à Ismène.
Moi, je vais me cacher. Toi, ne parle pas tant.

SCÈNE II.

THÉSÉE.

ELLE a de la pudeur. Elle fuit ma présence.
Grands dieux! elle est bavarde, et garde le silence!
Quelle est donc son idée? et que cache, entre nous,
Un propos si godiche et mêlé d'aigre-doux?
Voudraient-ils, en passant, me faire ouvrir la veine,
Et par le bout du nez pensent-ils qu'on me mène?
Mais moi-même, malgré ma barbe et ma laideur,
Quelle voix de hibou grouille au fond de mon cœur?
Une pitié fort bête aujourd'hui me chiffonne;
Tirons, tirons encor les vers du nez d'OEnone.
Je veux de ce gâchis être mieux éclairci;
Marauds, qu'OEnone passe un moment par ici.

SCÈNE III.

THÉSÉE, PANOPE.

PANOPE.

J'IGNORE le complot que la vieille médite ;
Mais sur son petit cœur son grand corset s'agite :
Elle marche à grands pas comme sur un brasier,
Et fume comme un drap sur un panier d'osier.
Ce feu, gagnant du centre à la circonférence,
Donne à tous ses lazzis un air d'extravagance ;
Une sombre fureur paraît sur son chanfrein,
Et déjà la jaunisse enlumine son teint.
A grands coups de balais, avec honte chassée,
Dans la mare voisine OEnone s'est jetée.
Jugez par ce mic-mac de ses intentions,
Et prenez, croyez-moi, quelques précautions.
Voilà ce qu'à vous seul Panope voulait dire ;
Ce que je vous ai dit, faut-il vous le redire ?
Moi, je n'y suis pour rien, je m'en lave les mains.

THÉSÉE.

Elles en ont besoin. Que je plains les humains !
Panope, as-tu bien vu ?

PANOPE.

                    Je n'ai pas la berlue.

THÉSÉE.

Il suffit. Disparais.

PANOPE.

Seigneur, je vous salue.

SCÈNE IV.

THÉSÉE, THÉRAMÈNE.

THÉSÉE.

Théramène, est-ce toi?

THÉRAMÈNE.

Pour qui m'aviez-vous pris?

THÉSÉE.

Pardon, je n'y vois pas. Qu'as-tu fait de mon fils?
Dès ses premières dents je le mis à ta charge.
Boit-il? dort-il? court-il? a-t-il donc pris le large?
Mais parle donc, maroufle....

THÉRAMÈNE.

Oh! combien j'ai fumé!
Vous ne voyez donc pas que je suis enrhumé?
Mais, vous me l'ordonnez, je dois vous satisfaire,
Dussé-je dès ce soir devenir poitrinaire.

Thésée obéit.

Vous, faites des hoquets. O hoquets superflus!
Pleurez, papa, pleurez; Hippolyte n'est plus.

THÉSÉE.

Dans ses moindres détails conte-moi son histoire;
D'autres iraient y voir; moi j'aime mieux y croire.
Je m'en rapporte à toi. Quand je te pris à Kell,
Je pris à mon service un homme dont auquel.
A mon esprit, le tien se fit bientôt connaître,
Et dans l'art d'en conter je reconnus mon maître.

THÉRAMÈNE.

C'est trop. Quand vous louez, ce n'est point à demi.

THÉSÉE.

Eh bien, n'en parlons plus. Dis-moi donc, mon ami,
Sans doute un carabin lui donna l'antimoine?

THÉRAMÈNE.

A peine sortions-nous de la barrière Antoine,
Un claque sous le bras, la flamberge au côté,
Vrai, Cadet jamais mieux, je crois, n'avait été.
Tel on voit un auteur, ses deux mains dans les poches,
Tout en se dandinant, composer ses bamboches;
Par bamboches j'entends certains versiculets,
D'un esprit rocailleux enfans secs, durs et laids;
Ou tel on nous dépeint le brave don Quichotte,
A l'aspect d'un moulin relevant sa culotte.
Près de son tape-cul, ses deux chiens affligés
Croquaient, tout en marchant, des os demi-rongés;
Et suivant en bâillant le chemin de Vincennes,
Sur ses rosses sa main laissait flotter les rênes.

Il n'en avait que deux. En genre, en nombre, en cas
Béni soit le mortel qui ne se trompe pas.
J'ai dit un tape-cul; c'était un pot-de-chambre.
Mais, mon dieu! cher papa, comme vous sentez l'ambre!
Ces superbes bidets qu'on voyait autrefois
A Montmartre trotter une ou deux fois par mois,
L'œil borgne maintenant, la caboche baissée,
Ressemblaient à Purgon sur sa chaise percée.
Un soupir lamentable, émané d'un fossé,
Recommence sans cesse après avoir cessé.
Des bidets attentifs les cheveux se hérissent,
Et saisis de frayeur, sauf le respect, ils pissent.
Un dindon apparaît. A son noble début,
Je l'ai cru, j'en conviens, membre de l'Institut.
Sa démarche était fière, et j'ai sur son visage
Reluqué proprement quelques signes de rage.
La créature approche, et, d'un air radieux,
Picote les dadas, juste entre les deux yeux.
Tout fuit, et, sans s'armer d'une canne inutile,
Au cabaret voisin chacun cherche un asile.
Le vent qui la poussait, soufflant d'abord de l'est,
Effrayé comme nous, se change en vent d'ouest.
Hippolyte lui seul, plus ferme qu'une enclume,
De trois grands coups de fouet coupe au dinde une plume.
De délire, seigneur, l'animal sautillant
Vient aux pieds des bidets rouler en se roulant.
Il leur montre les dents, les hónnit, les agace,

Leur crache au nez, enfin il leur fait la grimace.
Ces bons individus, peureux pour cette fois,
Ne connaissant plus rien, galopent vers le bois.
Dans ce désordre affreux, on voit de la voiture
Un fantôme effrayant disjoindre une jointure.
C'était, prétend quelqu'un qui vient de Charenton,
C'était, le croirez-vous?....

THÉSÉE.

Je crois.

THÉRAMÈNE.

Un hanneton.
L'hanneton vole, vole, et du champ de bataille,
De son dard asticote, en volant, la volaille;
Le tape-cul fait crac; il est tout fracassé;
De votre Benjamin l'occiput est cassé.
Mon voisin, excusez : de toute la semaine
Mes yeux ne tariront non plus qu'une fontaine.
Comme il avait bon cœur, il m'a tendu la main.
C'était, je m'en souviens, ou la droite ou la gauche.
Monsieur, relevez-moi, si mon histoire cloche.
Mais, de jaser long-temps n'étant pas fort en train;
Quand on s'est vu, seigneur, casser la margoulette,
On n'a pas grand désir de tailler la bavette;
Vous vous en doutez bien; le plus grand des héros
Soupire, étend la cuisse, et me lâche... ces mots :
Un dindon, mon ami, vient m'arracher la vie.

Prends soin, après ma mort, du trousseau d'Aricie.
Cher ami, si mon père, un soir plus clairvoyant,
Pleure le vilain cas de son fils expirant;
Pour apaiser la soif de mon ombre plaintive,
Qu'il donne un mirliton à sa noble captive;
Qu'il lui fasse... A ce mot, jurant comme un damné,
Je vivrais, beuglait-il, si l'on m'eût trépané !
La parque, à ce rébus, lui coupe la parole;
Mais la vieille paraît. C'est une vieille folle.

SCÈNE V.

LES PRÉCÉDENS, PHÈDRE, PANOPE, GARDES.

PHÈDRE, d'un air égaré.

DE l'astre de la nuit éteignoir radieux !
Quinquet du firmament ! rat de cave des dieux !
Dont la chaleur brûlante embrâsant la nature,
De nous doit faire un jour une belle friture;
Soleil d'où vient la nuit ! ombres d'où naît le jour !
Quel lutin dans mon cœur a cloué tant d'amour?
Quand pourrai-je dans l'eau pêcher une écrevisse,
Ou faire dans un pré le saut de la génisse ?
O torches de l'Amour ! ô casque de l'Hymen !
Même une seule fois il n'a pas dit *Amen*.
Ne verrai-je donc plus la lanterne magique ?

THÉSÉE.

Sur son égarement je veux qu'elle s'explique.

7

Puisqu'elle se bat l'œil d'un mari tel que moi,
Qu'elle dise du moins et comment et pourquoi.
Oui, Phèdre est amoureuse autant que notre chatte;
Mais elle a de l'orgueil; il faut que je la matte.
De ses mépris son œil est un garant trop sûr;
Je veux, pour la punir, la mettre au pied du mur.
Quand on me fait bisquer, morbleu! quand on me vexe,
Je ne connais plus rien, ni rang, ni sang, ni sexe.
Prenez un siège, Phèdre, et tenez-vous debout;
Sachez qu'en vous voyant toute ma lymphe bout;
Oui, ma lymphe, mon sang, ma bile. Mais qu'importe?
Parlez-moi franchement; est-il vrai que j'en porte?

PHÈDRE.

D'un cas piteux un roi doit-il être étonné?
Parlez, parlez, seigneur, à cœur déboutonné.

THÉSÉE.

Tremblez donc, de Minos fille aînée ou cadette!
(Je n'ai pas sur ce point la mémoire fort nette;)
Tremblez, tremblez, vous dis-je, ou bien ne tremblez pas.

PHÈDRE.

Je me meurs. Vous allez m'annoncer son trépas.

THÉSÉE.

Sans doute. Il est occis. Prenez votre victime;
Si je pleure un poupon, ce n'est pas pour la frime:
Je consens que mes yeux soient ceux des Quinze-vingts,

Si mon petit chouchou n'expire par vos mains.
Fouinez.

PHÈDRE.

Je ne le puis ; et, rompant le silence,
Je dois rendre à Cadet toute son innocence.
Il ne m'avait rien fait.

THÉSÉE.

J'ai cru que je l'étais !
Et c'est à ton rapport que je m'en rapportais !
Mégère, penses-tu que je te tienne quitte ?
Défends-toi, si tu peux ; mais surtout parle vîte.
Je suis pressé.

PHÈDRE.

J'entends. Thésée !

THÉSÉE.

Ah !

PHÈDRE.

Taisez-vous.
Et, suivant votre usage, avec moi filez doux.
Je n'abuserai point de votre patience ;
Mais, avant de finir, il faut que je commence.
D'Ariane, ma sœur, de ses feux, de son fil,
Du Minotaure enfin, prince, vous souvient-il ?

THÉSÉE.

C'est possible, madame ; et je mets quelque gloire

7*

A citer à propos l'almanach et l'histoire.

PHÈDRE.

O Lovelace grec ! ô type des ingrats !

THÉSÉE.

Mes exploits sont connus.

PHÈDRE.

Ne vous en vantez pas.
Laissez-moi librement, sans vous mettre en colère,
Préluder à l'aveu qu'il me reste à vous faire.

THÉSÉE.

Madame, préludez. C'est un plaisir si doux !
J'en connais tout le prix, et le connais par vous.

PHÈDRE.

Quel temps vous rappelez à ma triste pensée !
Mais, au fait. Comme vous, seigneur, je suis pressée.
C'est moi qui sur Cadet, honnête et bon garçon,
Jetai de mes deux yeux le premier hameçon.
Loin du père, un beau jour (qu'un tel aveu me coûte !)
J'osai, non sans rougir, au fils offrir la goutte.
De cette politesse il parut offensé ;
Mon verre, disait-il, n'était pas bien rincé.
Cet affront n'est jamais sorti de ma mémoire.
Mais j'y pense surtout quand on me verse à boire.
Aux prestiges de l'art vainement j'eus recours ;

Hélas! qui put jamais apprivoiser un ours?
Oui, son cœur, insensible au besoin d'une amie,
Est dur comme un caillou, froid comme une momie;
Et lorsque j'ai tenté d'agacer le marmot,
Le bel indifférent n'a pas soufflé le mot.
Heureuse, si j'avais, assurant ma conquête,
Sur ma blessure au moins mis du poil de la bête!
Jamais rien ne pourra me le faire oublier;
Depuis ce jour fatal je suis folle à lier.
Cet instant décida du malheur de ma vie.
Ah! combien m'a coûté l'amour de l'eau-de-vie!
Mon teint jadis vermeil, altéré par mes pleurs,
N'offre plus maintenant que les pâles couleurs.
J'ai couvé nuit et jour cette flamme funeste;
OEnone la bavarde a conduit tout le reste.
Elle a craint que Fanfan, instruit de mon amour,
Pour se venger de moi ne me jouât d'un tour.
La perfide, abusant de ma bêtise extrême,
En voulant se blanchir, l'osa noircir lui-même.
Elle s'est fait justice, et, craignant le balais,
Elle a péri dans l'eau, car elle aimait le frais.
Une épingle déjà m'aurait piqué la gorge;
Mais mon cœur est trop plein, il faut qu'il se dégorge.
J'ai voulu devant vous, exposant mes remords,
Pour la dernière fois vous parler corps à corps.
Je connais mon état, dans peu je serai frite;
Du moins, après ma mort, donnez-moi l'eau-bénite.

THÉSÉE.

Vous en aurez, j'en jure au nom de votre amour,
Ce ne sera pourtant qu'eau-bénite de cour.

PHÈDRE.

C'est égal. J'avais fait bouillir une citrouille;
C'est peu de l'avaler; partout je m'en barbouille;
Le froid de ce légume, atteignant mon cerveau,
Dans trois minutes va me conduire au tombeau.
Devant moi je crois voir un voile de futaine,
Ou, comme qui dirait, un gros rideau de laine.
La mort me fait chit! chit! elle me tend les bras.
Qu'elle est laide, grands dieux! la voyez-vous là-bas?
Veux-tu bien t'en aller! Comme elle me regarde!
Calebasse! guenon! la vilaine camarde!
Eloigne-toi de moi. Rien ne peut là fléchir.
De ce calice amer rien ne peut m'affranchir.
Il faut sauter le pas. Il faut donc qu'il le faille!
Mais voyez donc, papa, comme elle a l'air canaille!
La grossière qu'elle est se moque de ma peur;
Et vers moi, sans pitié, marche comme un sapeur.
Tu ne veux donc de moi faire qu'une bouchée!
Mais attends donc du moins que je me sois mouchée.
Elle ne m'entend pas. Adieu donc; Rigaudon;
Adieu Faridondaine, adieu Faridondon. Elle meurt.

PANOPE.

Dieux! elle a le hoquet!

THÉSÉE.

Que n'a-t-elle la foire !
On aurait pu du moins la laver dans la Loire.
Puisqu'il le faut, hélas ! avalons le goujon.
Puisse-t-elle d'en haut obtenir son pardon !
Allons de Benjamin embrasser la carcasse,
Et dire *l'angelus*, pour qu'il lui soit fait grâce.
Il faut un croque-mort ; qu'on coure le chercher ;
Que son convoi soit beau, sans qu'il coûte trop cher.
La mort de mon poupon, surtout son codicile,
Ont de mon cœur aigri neutralisé la bile.
Je naquis pétulant ; et peut-être ai-je eu tort?
Mais plus tôt ou plus tard, il serait toujours mort.
D'ailleurs, comme le dit élégamment l'histoire,
Quand le vin est tiré, ne faut-il pas le boire ?
Ainsi, plus de soupirs, de regrets superflus ;
C'est une affaire faite, amis, n'en parlons plus.
Irai-je de douleur me meurtrir l'omoplate ?
Non parbleu. Je dirai ce que disait Pilate :
» Ce que j'ai fait est fait ; Dieu même n'y peut rien ;
» Et n'est pas qui le veut toujours homme de bien. »
Mais mon fils m'a chargé du sort de sa maîtresse ;
Je veux que sur ce point éclate ma tendresse.
Oui, pour que ma bonté surpasse encor ses vœux,
Au lieu d'une princesse, il en faut soigner deux.
Aricie et sa sœur sont, ma foi, bien gentilles ;
Elles m'amuseront. Allons donc voir les filles.

VAUDEVILLE.

TOUS LES PERSONNAGES.

PHÈDRE.

AIR: *Et l'espérancé.* (Fanchon la vielleuse.)

Du malheur qu'éprouve Thésée,
Maris, songez à profiter:
Si vous tromper est chose aisée,
N'allez donc pas vous entêter.
Si vous négligez de nous plaire,
Nous vous ferons.... ou bien nous vous enverrons faire,
Faire lanlaire,
Faire lanlaire.

ARICIE.

AIR: *Un jour de cet automne.* (Les Visitandines.)

Que dis-tu là, commère?
Quel vertigo te prend?
Un mari débonnaire
Est un mari charmant:
Il voit, il laisse tout faire;
Du ciel c'est un présent.

THÉSÉE.

AIR: *Des bourgeois de Chartres.*

Les habitans de Chartre
Et ceux de Pontchartrain,
Les docteurs de Montmartre
Qui braillent au lutrin,
Quand ils sauront qu'à Dreux
On embellit Racine,
Sans doute ils se diront entr'eux:
« Le goût, les beaux arts vont au mieux »;
Du moins je l'imagine.

HIPPOLYTE.

AIR: *Je ne t'ai jamais vu comm' çà.*

On n'avait jamais dit céans
Ni tant de bêtises,
Ni tant de sottises;
On n'avait jamais vu céans
Outrager ainsi le bon sens.

PANOPE.

Même air.

Que dis-tu là? que veux-tu dire?
Veux-tu nous empêcher de rire?
Tu m'as l'air d'un original,
D'un vrai chienlit de carnaval.
Ne vas pas faire l'insolent,
Et rengaine,
Et rengaine;
Ne vas pas faire l'insolent,
Et rengaine ton compliment.

THÉRAMÈNE.

AIR: *Dies iræ, dies illa.*

(Au public.)

Puisque votre patience
Souffre notre impertinence,
Que Dieu vous en récompense!

Si l'admirable RACINE
Savait comme on l'assassine,
Peut-être il ferait la mine.

(Aux acteurs.)

Ainsi, rendons-nous justice;
Amis, que ceci finisse:
Hut! et que Dieu vous bénisse!

ÉLOGE DES PETITES VILLES,

ET NOTAMMENT DE CELLE DE DREUX.

Air à faire.

Qu' le foyer d'un' grand' ville
Z'a-t-un aspect piteux,
Un air calamiteux !
Faudrait z'être ben habile
Pour s'y trouver heureux :
Jamais j' n'y vois à la file
Que d's êtres soucieux ;
Bon Dieu ! qu' c'est z'ennuyeux !

Là z'on est ben à plaindre
Quand on n'a pas d's écus ;
Et si j' somm' des Crésus,
Faut toujours se contraindre,
De peur l'on ne dort plus.
Avoir nuit et jour à craindre
La faim ou les voleurs !
Queux tourmens ! queux souleurs !

Ces savans qu'on renomme
Pour lire au plafond des cieux,
Ne sont qu' des rêve-creux ;
Çà n' sait souvent pas comme

Tout s' gouverne chez eux.
Qu'a-t-on b'soin d'être ostronome?
J' sais tout drès qu' j' n'oublions pas
L'heur' d' nos quatre repas.

C' n'est pas qu' je désapprouve
L' génie et les talens;
Mais, en fait de savans,
J' dis qu'à Dreux on en trouve
De ferrés jusqu'aux dents :
Et morgué! ce qui nous prouve
Que Dreux n'est pas un trou,
C'est qu'il vit naîtr' Rotrou.

A Paris l'on se couche
Quand l' soleil mont' z'au ciel;
Là rien n'est naturel;
Quand l' rire est sur la bouche,
Dans l' cœur souvent est l' fiel;
Z'y a plus d'un' saint' Nitouche;
Et l' vin, et la beauté,
Tout z'y est fârlaté.

En province au contraire
L' plaisir seul fait la loi;
Tout z'y est de bon aloi;
On y fait bonne chère;

J'y vivons comme un roi;
Pour le vin, j' le voyons faire,
Si queuqu' fois il est sur,
Du moins j' le buvons pur.

Comm' tout vit, tout s'anime
Dans s'te ville de Dreux!
Si j'y sommes joyeux,
C' n'est jamais pour la frime;
Point d' ces airs langoureux;
Point d' ce langage sublime
Qui vous tuent z'un festin;
On a l' cœur sur la main.

De Paris jusqu'à Rome;
Chez l' voisin, au lointain,
Je chercherais en vain
Un pays charmant comme
Dreux du pays chartrain:
Sur tous j' l'y donnons la pomme:
En cent mots comme en deux,
Gn'y a z'au monde qu'un Dreux.

LE BAISER A RENDRE.

De ce baiser qu'au milieu de nos jeux
Me prescrivit une bouche enfantine,
Le souvenir, aimable Alexandrine,
A mon repos devient pernicieux.
A cet instant de plaisir, de délire,
Ont succédé l'amour et ses tourmens ;
De la beauté je reconnais l'empire,
Et votre image occupe tous mes sens.
Guérir mon mal serait presque impossible ;
Mais vous pouvez du moins le soulager,
A mon état daignez être sensible,
Et par pitié rendez-moi mon baiser.

ÉLOGE DU MARASQUIN.

Verùm hæc tantùm alias inter caput extulit urbes,
Quantùm lenta solent inter viburna cupressi.
VIRGILE.

DE l'heureuse Zara la gloire et la fortune,
Le Marasquin n'est point une liqueur commune,
D'un goût équivoque ou bâtard,
Faite pour le tiers et le quart :
Je parle ici sans crainte et sans rancune ;
Pour les gourmets, des Dieux c'est le nectar :
De preuves, sur ce point, j'en donnerai plus d'une ;
Je n'avance rien au hasard.
Mais de phrases d'éclat n'en demandez aucune,
La vérité n'a pas besoin de fard.
Gosiers vulgaires, à l'écart !
Votre présence m'importune. *

Ce qu'est le soleil à la lune ;
Le chêne à l'églantier, Apollon à Vulcain ;
Ce que l'eau de la Côte est à l'eau du Jourdain ;

* Odi profanum vulgus et arceo.
HORACE.

A la présomption ce qu'est le vrai mérite ;
Ce qu'au bruit d'un pétard est le bruit du canon ;
A l'informe chenille un brillant papillon ;
Ce que l'amant qu'on prend est à l'amant qu'on quitte ;
Ce qu'à la chicorée est le moka parfait ;

    L'aigle royal à l'humble roitelet ;

Les truffes aux marrons, Vénus à son image ;
Le chant du rossignol à l'hymne du sauvage ;

    A des promesses sans effet

Un service réel, une grâce, un bienfait ;
Ce qu'au *de profundis* est la chanson à boire,
Au crayon du roman le burin de l'histoire ;
Le dîner qu'on va faire au dîner qu'on a fait ;

    Ce qu'au chardon est la rose nouvelle ;

Le doux son de la harpe au bruit de la crécelle ;
Le printemps à l'hiver, à Néron Marc-Aurèle ;

    Ce qu'à Tartufe est un homme de bien ;

A maints peintres du Louvre un Zeuxis, un Apelle,

    Le mont Parnasse au mont Valérien ;

    Ce que du Nil sont les eaux fécondantes

      Aux eaux d'un lac, stériles et dormantes ;

Ce qu'aux soldats du pape est un soldat français,
Ce qu'aux œufs de Léda sont quelques bons œufs frais ;
Ce qu'au vin de Surêne est le vin de Lafite ;

    Ou le Champagne à l'eau bénite ;

Ce que les feux du ciel sont aux pâles couleurs ;
Ce qu'aux bals d'Opéra sont tous les bals champêtres,

Enfin, et ce que sont aux bons hommes de lettres,
En goût, comme en talens, les immortelles sœurs,
   Le Marasquin l'est aux autres liqueurs.

Une seule, un moment, partageant son empire,
   Eut autrefois quelque vogue chez nous;
      Tant l'homme est volage en ses goûts,
      Et ne sait ce qu'il désire!
   Cette liqueur est la liqueur Amphoux.
      Mais, s'il faut ici tout vous dire,
      Ce ne fut point par la raison
   Qu'elle jouit de cette mince estime :
      Dans plus d'une grande maison,
      Chez les jeunes gens du bon ton,
      Elle plaisait à cause de la rime.
Ce que le goût réprouve est bien près de sa fin :
L'illusion cessa. Des censeurs d'un tact fin,
   Dans cette erreur signalèrent un crime.
   Depuis ce jour, le sceptre légitime,
Au nom du dieu du goût, et par le droit divin,
Est resté sans partage au noble Marasquin.

COUPLETS

Chantés à l'occasion de mon mariage avec Mlle. LEQUIN,
Maîtresse sage-femme.

Tempora si fuerint nubila, solus eris.

OVIDE.

AIR : *J'étais bon chasseur autrefois.*

L'HOMME qui veut de quelques fleurs
Semer le chemin de la vie,
Par le faste, par les grandeurs,
Rarement la voit embellie;
Des titres flattent peu le cœur;
L'opulence excite l'envie :
Mais on peut trouver le bonheur
Dans les tendres soins d'une Amie.

Jeune, je connus les plaisirs;
Hélas ! courte en fut la durée;
Combien de fois, en vains désirs
Mon âme s'est-elle égarée !
Du sort cruel lorsque les traits
Font pâlir ma philosophie;
Qui peut adoucir mes regrets,
Si ce n'est le cœur d'une Amie?

J'avais juré plus d'une fois
Au veuvage d'être fidèle,

8

Mais une impérieuse voix
A de nouveaux nœuds me rappelle :
Elle m'y promet des douceurs ;
A sa promesse je me fie :
Mes garans ne sont point trompeurs ;
Vous connaissez tous mon Amie.

On dit qu'il faut de la raison
Et de la sagesse en ménage,
Et qu'un peu de précaution
En tout décèle un esprit sage :
Or, craignant de voir par l'Amour
Ma propre sagesse endormie,
D'une SAGE-FEMME en ce jour, *
Je fais ma Femme et mon Amie.

Sous des auspices plus heureux,
Vit-on jamais un Hyménée ?
Formée au gré de tous les vœux,
La chaîne sera fortunée.;
Parmi nous point d'indifférens,
Au cœur faux, à l'âme engourdie :
Ou vrais amis, ou bons parens,
Vous chérissez tous mon Amie.

---

* Madame Blanc, sage-femme, élève de M. Dubois et de
Madame Lachapelle.

LES SATURNALES.

Iusanire libet quoniam.....
VIRGILE.

AIR *à faire.*

ENFIN après un an d'ennuis,
Et de misères sans égales,
La Vérité sort de son puits;
Voici le jour des saturnales :
Profitons-en bien, mes amis;
Aujourd'hui tout nous est permis.

Que de sottises, que d'orgueil,
De sots vœux, de discours sans suite !
Sur tous nos défauts ouvrons l'œil;
Et changeons enfin de conduite :
Corrigeons-nous donc, mes amis;
Aujourd'hui tout nous est permis.

Par l'intrigue aux emplois souvent
Le faquin parvenait en France;
Tout est changé : c'est le talent
Et la vertu qu'on récompense;
Croyons bien cela, mes amis;
Aujourd'hui tout nous est permis.

Soyons francs, soyons généreux
Au moins une fois dans l'année;
A ne faire que des heureux
Passons toute cette journée;
Payons nos dettes, mes amis;
Aujourd'hui tout nous est permis.

Sans craindre des mauvais plaisans
La critique ou le persifflage,
En vrais maris, en bonnes gens,
Franchement, et malgré l'usage,
Aimons nos femmes, mes amis;
Aujourd'hui tout nous est permis.

Jadis je buvais comme un trou,
Ou du Bordeaux, ou du Bourgogne;
Mais hélas! je n'ai plus le sou,
Et fort blême devient ma trogne;
Soyons donc sobres, mes amis;
Aujourd'hui tout nous est permis.

Lorsqu'en dépit du dieu des vers
D'estoc et de taille je rime,
Bien loin de blâmer ce travers,
Et de m'en faire presqu'un crime,
Applaudissez-moi, mes amis;
Aujourd'hui tout vous est permis.

MES AMIS CHEZ MOI.

———

AIR: *Ma tendresse est ma folie.*

Ou légère, ou badine, ou tendre,
Sur la lyre ou sur des pipeaux,
Jadis ma voix se fit entendre
A la ville et dans les hameaux.
Retiré dans mon ermitage
Où le plaisir seul fait la loi,
Aujourd'hui j'aurai l'avantage
De chanter mes amis chez moi.

Que le palais d'un grand s'emplisse
De courtisans et de flatteurs ;
Et que le patron s'applaudisse
D'hommages bien souvent menteurs ;
Je ne lui porte point envie ;
Je suis bien plus heureux, ma foi,
Quand je puis, sans cérémonie,
Recevoir mes amis chez moi.

Lorsqu'à boire je vous invite,
J'entends qu'on réponde à l'appel ;

Si d'un verre on ne s'arme vîte,
On est réputé criminel :
Sur ce point si quelqu'un raisonne,
J'oppose et l'exemple et la loi ;
Allons, qu'on boive, je l'ordonne ;
Ne suis-je pas maître chez moi ?

Chez moi ! le mot n'est pas modeste ;
C'est le mot de la vanité ;
Jamais pourtant, je le proteste,
Mon cœur ne connut la fierté.
Sans façon ! voilà ma devise :
Heureux et content comme un roi,
Pourvu qu'en sortant chacun dise :
J'étais ici comme chez moi.

COUPLETS

Chantés, le jour de la Saint-Jean, au mariage
de M. J. B**.

Air *de la pipe de tabac.*

Saint Jean vécut célibataire;
Saint Jean en fut-il plus heureux?
Bon pour le ciel; mais, sur la terre,
Il n'est rien tel que d'être deux.
Qu'un garçon, pour me contredire,
Se vante d'être indépendant;
Nos époux sont là pour lui dire :
Vous n'êtes que de la Saint-Jean (*bis.*)

Pour couronner cette journée,
Pour satisfaire à tous les vœux,
Il faut, dans le cours de l'année,
Augmenter d'un le nombre *deux.*
Pour vous l'Amour même conspire;
Mais dans neuf mois il vous attend;
Faites qu'il ne puisse pas dire :
Vous n'êtes que de la Saint-Jean.

On ne fait pas bien une affaire
Sans les herbes de la Saint-Jean;
Soins empressés, ardeur sincère,
Par herbes c'est ce qu'on entend;
Si chaque soir, si chaque aurore
Vous voit fidèles à ce plan,
Vous pourrez voir long-temps encore
Briller les feux de la Saint-Jean.

AVIS AUX JEUNES FILLES.

FILLETTES, qui de vos amans
Voulez prévenir l'inconstance,
N'offrez aux vœux les plus pressans
Que la coupe de l'espérance:
Par les désirs s'accroît l'ardeur;
L'amour heureux bientôt sommeille;
Sitôt qu'elle a touché la fleur,
Vous voyez s'envoler l'abeille.

LES CINQ CODES DE LA NATURE,

AIMONS, RIONS, CHANTONS, BUVONS, DORMONS.

Dulce est desipere in loco.
HORACE.

AIR: *Du vin, du vin, du vin.*

1ᵉʳ. CODE.

AIMER est un besoin
Créé par la nature;
Une loi sage et sûre
Qu'il faut suivre avec soin.
A cette loi fidèle,
Et sans autres leçons,
Aimons le vin, les belles :
Aimons. *(ter.)* } *bis.*

2ᵉ. CODE.

Le rire offre à nos cœurs
Un baume salutaire :
Le méchant ne rit guère ;
Laissons-lui donc les pleurs.

9

La terre en fous abonde,
Et nous gémirions !
Des travers de ce monde
Rions.

3°. CODE.

Egayons nos repas
Par des chansons joyeuses :
Point de voix langoureuses ;
Qu'on soupire tout bas.
Si le tonnerre gronde,
Par nos chants ripostons ;
Pour rassurer le monde,
Chantons.

4°. CODE.

Aimer, rire et chanter,
Combien cela m'altère !
Vîte un flacon, un verre ;
Buvons sans arrêter.
Du soir jusqu'à l'aurore
Remplissons et vidons ;
Puis remplissons encore ;
Buvons.

5°. CODE.

(En chantant ce dernier Code , la voix doit s'affaiblir par
degrés.)

Sommeil réparateur,
Trésor de l'indigence,
Viens calmer la souffrance,
Suspendre la douleur.
Contre tant de misères
En vain nous nous armons ;
Plus de vin dans nos verres !
Dormons.

LE BRAMINE DÉLICAT.

IRMA n'a que vingt ans. Belle, bonne, charmante,
D'un époux qui l'adore elle fait le bonheur.
Elle est heureuse aussi; mais à sa vive ardeur
Un objet manque encor, cet objet la tourmente.
    Depuis le jour où les plus doux sermens
A l'Hymen, à l'Amour la rendirent plus chère,
        Elle a vu briller trois printemps,
        Et pourtant Irma n'est point mère.

9*

D'après l'avis de ses parens,
Surtout d'après celui d'une sainte voisine,
     Irma se rend chez un pieux Bramine;
Un tribut à la main, implore son secours.
A lui jamais en vain la beauté n'eut recours;
Pour elle il eut toujours des entrailles de père.
— Ministre de Brama, vous dont toujours le ciel
Accueille avec bonté la fervente prière,
Daignez, pour moi, daignez implorer l'Eternel:
Voici quatre sequins. Mon offrande est légère;
     Mais si le ciel est sensible à mes vœux,
     Et si par vous j'obtiens ce que je veux,
          Mon époux, bon et généreux,
     N'en doutez pas viendra doubler l'offrande.
          — J'accepte Irma, j'accepte ce tribut:
     Allez en paix, et que le ciel répande
     Sur vous, sur lui, des faveurs la plus grande!
     Mais, un moment. Quel est donc votre but,
     Et que faut-il qu'aux Dieux ma voix demande?
— Mes vœux seraient comblés si j'avais un enfant.
— Un enfant, belle Irma! Reprenez votre argent;
     Vous m'inspirez un intérêt extrême;
     De vous servir je serais trop heureux;
          Mais pourquoi demander aux dieux
          Ce que je puis faire moi-même?

COUPLETS

Chantés au Mariage de mademoiselle Laure L**, mon
élève, avec M. Lépine.

Mella fluant illi ; ferat et rubus asper amomum.
VIRGILE.

Air : *J'étais bon chasseur autrefois.*

ADIEU refrains ; adieu chanson ;
Ai-je dit en brisant ma lyre :
Vœux insensés ! froide raison !
Me voilà prêt à me dédire :
Honteux d'un projet imprudent,
Et plein du dieu qui me domine,
Ah ! que n'ai-je un sujet piquant !...
Mais, quoi ! ne vois-je pas Lépine ?

Ce ne sont plus de vains soupçons,
Ici je dois le reconnaître ;
Peu contente de mes leçons,
Laure va prendre un nouveau maître :
Par mes soins pourtant, des neuf sœurs
Franchissant la double colline,
Elle n'eût cueilli que des fleurs ;
Mais Laure préfère Lépine.

Cette épine-là piquera,
Mais sur ses traits soyez tranquille;
Elle-même les guérira:
Telle fut la lance d'Achille;
Histoire et fable, sur ce point,
Enseignent la même doctrine :
Non, jeune fille ne meurt point
De la piqûre de l'épine.

En formant cet heureux lien,
Laure a plus d'une garantie;
L'Hymen est le souverain bien
Quand l'Amour est de la partie.
Mais dussiez-vous, par erreur,
Dans un moment d'humeur chagrine,
Etre parfois blessée au cœur,
N'en arrachez jamais Lépine.

Ici-bas tout se reproduit
Par une loi constante et sûre;
Et chaque arbre porte son fruit,
C'est la marche de la nature :
Laure, soumise aux mêmes lois,
Pour causes que chacun devine,
Verra fleurir, avant dix mois,
La rose à côté de Lépine.

AMPHIGOURI PROVERBIAL,

ou

CHANSON INNOCENTE ET MORALE,

A l'usage des jeunes personnes dont on veut, sans danger
pour les mœurs, exercer la voix et la mémoire.

Maxima debetur puero reverentia....

JUVÉNAL.

Air : *J'étais bon chasseur autrefois;*

(ou tout autre de même mesure.)

PENDANT que la marmite bout,
Mon oncle jase avec ma tante;
Les artichauts n'ont plus de goût,
Lorsque l'automne se présente;
Ce n'est qu'au retour du printemps;
Que la tourterelle roucoule :
Le massacre des innocens
Me fait venir la chair de poule.

Petite pluie abat grand vent;
Comme on fait son lit on se couche;

Le plus fin se trompe souvent,
Or, qui se sent morveux se mouche.
L'artiste, au génie inventif,
Est bien au-dessus d'un manœuvre ;
Quand on est mort, on n'est plus vif,
C'est la fin qui couronne l'œuvre.

Si Lisbonne est en Portugal,
Londres se trouve en Angleterre :
Carthage vit naître Annibal ;
Le ciel est fort loin de la terre.
Le carême et les quatre-temps
En tous temps furent temps de jeûne ;
Quand on a passé soixante ans,
On commence à n'être plus jeune.

Sans mentir, vous ne croyez pas
Que le pain vaille la brioche ;
Ni que je soupire tout bas
Pour quelque reine d'Antioche.
L'homme à pied vaut l'homme à cheval,
Sinon qu'il court un peu moins vîte.
Il n'est qu'un pas du bien au mal ;
Mais le diable craint l'eau-bénite.

Sachons hurler avec les loups;
Fuyons l'orgueil et la paresse;
Ne disputons jamais des goûts;
Contentement passe richesse.
Ne croyons pas tout ce qu'on dit,
Mais croyons qu'une boule est ronde;
Tâchons d'avoir de l'appétit;
Le soleil luit pour tout le monde.

Contre les effets du poison
Je vois s'aguerrir Mithridate.
Un auteur a cent fois raison,
S'il me désopile la rate.
Que la révolte d'un pacha
Ait mis le grand-turc dans l'angoisse;
Que m'importe s'il se fâcha,
Je ne suis pas de la paroisse.

Les Hébreux furent malheureux
Pendant soixante-dix semaines;
Pour des gens d'un zèle douteux
Des gants valent bien des mitaines.
Contre le pauvre genre humain
Je vois la guerre la plus vive;
Fièvre, famine et médecin,
Il faut que tout le monde vive.

LES GLANDS,

LES MARRONS ET LES TRUFFES,

OU

TABLEAU DE L'AGE D'OR,

Boutade, pour cause de récidive, à l'occasion du rempla-
cement d'une dinde aux truffes * *par une dinde aux*
marrons.

> Facit indignatio versum.
> JUVÉNAL.

HONTE éternelle aux mécréans,
Aux gosiers secs, aux faux gourmands,
Vrais myrmidons, gens sans cervelle !
Aux bons vivans gloire immortelle !
Dieu n'a point créé les méchans,
Les bavards, les mauvais plaisans,
Les buveurs d'eau ni les tartufes ;
Il a créé le vin, les truffes,

---

* Comme dans quelques provinces du midi on donne le nom de truffes aux pommes de terre, il n'est pas hors de propos de faire observer que les truffes dont il est question ici sont aux pommes de terre ce que l'huile d'Aix est à l'huile de colza, le moka à la chicorée, la clarté du soleil à celle du plus humble des lampions.

Et les perdrix et les faisans,
Les gourmets et les bonnes gens.
Les truffes ! quel nom doux et tendre !
Mot suave, plein d'onction,
Dont le charme ne peut se rendre :
Ah ! qui de vous a pu l'entendre
Sans la plus vive émotion ?
Les truffes !...... Ciel ! ô perfidie !
O le plus sanglant des affronts !
Au lieu de truffes des marrons !
Et l'on me fait cette avanie,
A moi dont la gastronomie
Craint les arrêts justes et prompts ;
Dont la muse austère, ennemie
De dîners sans cérémonie,
De perfides Amphitryons,
Et de ragoûts sans énergie,
Par ses vers seuls, par ses chansons,
Sut arracher à l'apathie
Plus d'une cuisine endormie !
Moi qui, d'artistes sans aveu
Faisant toujours prompte justice,
Sur ses fourneaux, dans son office,
Ai fait pâlir maint cordon-bleu ! *

---

* *Cordon-bleu :* titre que prennent, à Paris, les cuisinières
des grandes maisons.

Et l'on brave ici mon génie !
Vengeons-nous, et d'ignominie
Frappons ce trait de félonie.
Dinde maudite, c'est en vain
Que chacun vante ici ta mine,
Ton embonpoint, ton origine,
Et ta chair délicate et fine ;
J'ai, par malheur, l'odorat fin :
Un mets ignoble est dans ton sein !
O guet-apens abominable !
Complot ténébreux, exécrable,
Digne de la rigueur des lois ;
Chez tous les peuples cas pendable,
Si l'on pendait comme autrefois !
Des marrons, et je suis à table !
Mais quel est ici le coupable ?
Est-ce de Bréval ? est-ce Arthur ? *
Ils le sont tous deux, j'en suis sûr,
Et tous deux je les donne au diable.
Allons, Messieurs, régalez-vous ;

---

* *De Bréval, Arthur :* pseudonymes : le premier, qui donnait à dîner, avait solennellement annoncé la dinde aux truffes, que le second, son ami, avait promis de lui envoyer. Fiez-vous aux amis. Pareil désappointement a eu lieu, la même semaine, dans une autre réunion dont l'auteur faisait partie : *indè iræ ! !*

Vantez cette surprise aimable ;
A la farce applaudissez tous,
Proclamez parfait, délectable,
Ce que je trouve détestable :
On ne dispute pas des goûts.
Je vous admire, vous contemple,
Et vous donnez un bel exemple !
Des marrons ! pourquoi pas des glands ?
C'eût été, comme au bon vieux temps,
Le mets de la simple nature ;
Temps heureux ! où bêtes et gens,
En paix, sans désirs, sans murmure,
Avaient tous, égaux et contens,
Sous même toît, même pâture !
Age d'or, siècles innocens,
Perdus, hélas ! par notre faute,
Où les porcs et nos bons parens
Dînaient ensemble à table d'hôte !
Vrai temps de jubilation,
Quand le Bourgogne et le Champagne,
A grands flots, en pleine campagne,
Coulaient sans interruption
Dans tous les pays de Cocagne.
On ne connaissait point alors,
(C'était sous le règne d'Astrée)
Ni la crainte, ni les remords,
Ni les mouchards, ni les recors,

Ni le café de chicorée.
Point d'esprit faux, de mauvais cœur,
Point de prude ou de mijaurée.
Aux Ris, aux Grâces consacrée,
Et par la nature parée,
La vierge avait de la pudeur,
Et jamais de fichu menteur.
Point de cancans entre voisines ;
Entre époux jamais de froideur.
La rose naissait sans épines,
Le tigre avait de la douceur,
Et les Gascons de la candeur.
Jamais d'intrigues, de cabales ;
Aux succès de muses rivales
Tous les auteurs applaudissaient ;
Les capucins n'étaient point sales,
Les Musulmans se confessaient,
Et les médecins guérissaient.
Partout, ô prodige! ô merveille!
Sans intérêt, et largement,
Le riche prêtait son argent,
Qu'on lui rendait exactement,
Sans se faire tirer l'oreille.
Séjour riant, délicieux !
Époque à jamais fortunée !
Mortels favorisés des Dieux !
Par les plaisirs chaque journée

Aux plaisirs était ramenée,
Et l'on dansait toute l'année ;
Ou peut-être faisait-on mieux :
Car, entre nous, nos chers aïeux,
Dispos, malins, vifs, bons apôtres,
Aimaient fort certains petits jeux....
Il suffit ; et, quoique plus vieux,
Leurs joujoux valaient bien les nôtres.
Ah ! s'il pouvait renaître encor
Pour nous tous ce bel âge d'or !...
Dans ces vœux qui sont bien les vôtres,
Dans ces tableaux vrais et touchans,
Mes vers vous paraissent charmans,
Fort gais surtout, je le parie ;
Et pour une plaisanterie
On prend ici les traits mordans
Que lance une muse en furie :
Faisons donc trêve à l'ironie ;
Si je ris, c'est du bout des dents ;
Jamais je n'en eus moins d'envie.
Tel jadis le pauvre Jonas,
Tout meurtri, respirant à peine,
Dans le ventre de la baleine
Assurément ne chantait pas.
Seulement, dans un soliloque,
Sur un ton grave, sourd et bas,
Il créa l'art du ventriloque,

Que pouvait-il de plus? hélas!
Dans cette étrange et sombre cage,
Pressé, froissé, cloîtré, muré,
Et presqu'à moitié digéré,
Il enrageait comme j'enrage.
Farce indigeste! mets grossier,
Fait pour les estomacs vulgaires!
Dinde indigne de mon gosier!
De toi je ne tâterai guères.
Sur ton lourd assaisonnement
En vain la muscade est éparse.
Je ne veux point, en te mangeant,
Convive par trop complaisant,
Être le dindon de la farce.

REMERCÎMENT

A l'honnête homme qui, pour me consoler de mes tribula-
tions, venait de me faire manger d'une véritable dinde
aux truffes. *

Antè leves ergò pascentur in æquore cervi,
Quàm nostro illius labatur pectore vultus.
VIRGILE.

Si je ne suis poète, *nec*,
Dans l'art de louer, un grand grec;
Comme on voit au premier aspect;
Je n'ai pas du moins le cœur sec,
Ni le style trop incorrect;
J'oserai donc louer Dalbrecq.
Honneur, gloire et salamalec
Au réparateur d'un échec
Qui m'avait rendu jaune et sec,
Et maigre comme un hareng-pec!

* Cet honnête homme, ancien chanoine de Chartres, avait
paru prendre assez de plaisir à la lecture de la pièce qui pré-
cède pour croire devoir réparer les torts d'un Amphitryon né-
gligent. Puisse-t-il être fait, le même jour, cardinal et pair
de France !

Qu'il vive autant qu'Abimelech,
Mathusalem, Melchisedech,
Ou que Nestor, général grec,
Mais sans avoir affaire avec
Portal, Dubois ou Laënnec,
Perchè tout docteur m'est suspect.
Il se portera bien *donec,*
Joyeux, sans souci, buvant sec,
Non de l'eau de Seine ou du Leck,
Il arrosera d'un vin grec
La côtelette et le bifsteck.
Si quelque fat, quelque blanc-bec,
Dans ses discours peu circonspect,
Ose lui manquer de respect ,
Sur un ton clair, ferme et correct
Je saurai lui clore le bec.
Et tandem, pour compléter *hæc*
Carmina par rimes en *ec,*
Puisse, de Pékin jusqu'au Pec,
Utrecht, Lubeck, Noisy-le-Sec,
Québec, Bolbec et Caudebec,
Chanté par Méhul ou Gossec,
Retentir le nom de Dalbreeq!

VOS GOÛTS ET LES MIENS,

OU

APPROCHEZ-VOUS, — NE VOUS APPROCHEZ PAS.

.....Trahit sua quemque voluptas.

VIRGILE.

AIR *du vaudeville des Deux Edmon.*

PLAISIRS, Amours, Gaîté, Folie,
Vous par qui s'embellit la vie
Pour les sages et pour les fous,
    Approchez-vous : (*bis.*)
Regrets, Soucis, sombre Tristesse,
Et toi-même, froide Sagesse,
Si prompte à nous blâmer tout bas,
    Ne vous approchez pas. (*bis.*)

Amans constans, époux fidèles,
Jours sans nuage, fleurs nouvelles,
Fêtes d'amour, et billets doux,
    Approchez-vous :
Beautés farouches, intraitables,
Et lettres de change impayables;
Nuits sans sommeil, fièvre et frimas,
    Ne vous approchez pas.

Auteurs dont la muse légère,
Rappelant Horace ou Voltaire,
Passe aisément du grave au doux,
    Approchez-vous :
Vous dont la muse romantique,
Moins française que germanique,
Du bon sens fait fort peu de cas,
    Ne vous approchez pas.

Joyeux refrains, chanson légère,
Bons mots, bon cœur et bonne chère,
Des vieux flacons gentils glouglous,
    Approchez-vous :
Vins frelatés, vins de Surêne
Par qui règnent goutte et migraine,
Et par qui se font les faux pas,
    Ne vous approchez pas.

De Bacchus disciples aimables,
Buveurs sûrs, fermes, incapables
De bouder ici parmi nous,
    Approchez-vous :
Convives que rien ne déride,
Ignorans qui d'un verre vide
Prétendez qu'on peut faire cas,
    Ne vous approchez pas.

NÉCESSITÉ

DE RÉFORMER LA LANGUE FRANÇAISE.

JEAN Desciseaux, très-honnête tailleur,
    Pour son curé, pour son digne pasteur,
Avait fait un habit : non, ce mot est profane,
Impropre, déplacé, disons une soutane ;
Vrai drap pagnon, beau noir, d'un tissu superfin.
Soutane, dira-t-on, n'est pas très-poétique ;
    J'en suis fâché, mais c'est le mot technique.
Son paquet sous le bras, un dimanche au matin,
    Joyeux et fier, Jean court au presbytère ;
Et d'avance il a fait emploi de son salaire.
Le curé l'attendait. Du nouveau vêtement
        Qu'avec plaisir il considère
        L'ensemble paraît lui plaire ;
        Il veut l'essayer à l'instant.
    La forme en est élégante et légère,
        Les boutons sont bien assortis ;
La couture solide ; et surtout point de plis :
Combien il va donner de relief au surplis !
Rien, dans ce sentiment, au devoir n'est contraire ;

On peut être un saint homme, et pourtant vouloir plaire ;
 Un tel désir n'a rien que d'innocent ;
  Ne blâmons pas légèrement :
Si c'est une faiblesse, elle est bien excusable ;
Un grain de vanité n'est point un cas pendable.
 Lecteur malin, soyez plus indulgent.
  —Mais qu'est-ce donc ? ciel ! quelle manche étroite !
  Et qu'avez-vous donc fait là, Jean ?
   C'est une véritable boîte,
Faite, à n'en pas douter, pour le bras d'un enfant.
—Où donc, monsieur ?— Ici ; la manche droite :
  Elle me serre horriblement.
   —J'en conviens ; c'est inconcevable ;
   J'avais apparemment
   La berlue en ce moment :
Comment donc ai-je pu ?.. mal-adroit... oui, vraiment
  C'est un défaut réel, notable ;
  Une faute impardonnable......
   —Cette soutane évidemment,
  Telle qu'elle est n'est point mettable ;
 Mon bras ne peut faire aucun mouvement.
  C'est une gêne inexprimable ;
  Ici surtout, dans le milieu :
Je crois que si j'avais à lever le bon Dieu,
  Mon cher, ce serait le diable.

L'HISTOIRE DE JEANNETON.

La grosse Jeanneton, jadis entretenue,
    Et maintenant honnête parvenue,
Mais pour qui la décence a peu de prix encor,
Voulant se faire peindre en Vénus, demi-nue,
Chez un peintre fameux se présente; et d'abord :
— On m'a parlé de vous, monsieur; partout on vante
    Votre talent; faites-moi ressemblante;
Sur le prix nous serons facilement d'accord :
Je n'y regarde pas; je suis reconnaissante.
Me trouvez-vous bien faite, aimable, revenante,
      D'une tournure *conséquente ?*
    J'aime les arts; je paie, et, sur ce point,
      Si du portrait je suis contente,
Vous le serez de moi, je ne marchande point.
    — Madame est belle, et surtout fort modeste;
A faire son portrait j'aurais assurément
      Grand plaisir, mais, en ce moment,
Je ne peins que l'histoire, et je ne puis.— Vraiment?
Eh bien! l'histoire soit. Mais qui peindra le reste?

LA FAMILLE DES JEAN,

A L'OCCASION DE LA FÊTE DE L'UN D'EUX.

AIR: *Trouver à qui parler.* (L'Éclipse totale.)

Ici je puis sans peine
Citer d'illustres Jeans ;
D'abord *Jean* la Fontaine
Qui fit des vers charmans :
 Jean qui pleure
 A toute heure
Devrait être éconduit ;
Nous, dans cette demeure,
Nous fêtons *Jean qui rit.*

Partout, je dois le dire,
Les Jeans ont de l'esprit ;
Petit-Jean nous fait rire,
Et *Grand-Jean* * nous guérit.
 Jean Racine

(*) Célèbre oculiste.

Fait la mine,
Et sans cesse il gemit :
Moi, j'ai l'humeur badine,
J'aime mieux *Jean qui rit.*

D'un *Jean* sobre et trop sage
Bien maigre est le festin ;
Par un contraire usage
Les *Jeans fous trai*tent bien.
　　D'une table
　　Délectable
Tout *Jean fait* son profit :
Aussi tout *Jean, bon* diable,
Boit comme *Jean qui rit.*

Mais pourquoi cette liste
De *Jeans* de cent façons?
Je trouve en *Jean-Baptiste*
Le meilleur des *Jeans bons.*
　　La bouteille
　　A merveille
Donne au cœur de l'esprit ;
D'une ardeur sans pareille
Buvons à *Jean qui rit.*

MES PREMIÈRES IMPRESSIONS

EN ARRIVANT A DREUX.

LORSQUE parmi des rocs, des monts, des précipices,
Voltaire eut, à Ferney, fait bâtir sa maison,
Il s'occupa de lui donner un nom;
Et tout bien compensé, plaisirs et sacrifices;
        Cet heureux nom fut : *Les Délices.*
        Si Voltaire eut tort ou raison,
C'est ce qu'ici je ne saurais vous dire :
Je soupçonne pourtant que l'auteur de Zaïre
        Ne fit pas construire un taudis.
        Mais, et franchement je le dis,
        Si le grand homme que je cite
Avait vu la maison qu'à Dreux d'hier j'habite,
Elle eût reçu de lui le nom de *Paradis.*
Paradis! mot charmant qui toujours me rappelle
        De jouissances, de plaisirs,
De passe-temps heureux, et d'innocens désirs
        Une source toujours nouvelle,
   ·   Et qui pouvait être éternelle !
        Là, soir et matin, nuit et jour,
De nos premiers parens la principale affaire,
        Le seul travail était de ne rien faire;
        Je me trompe, ils faisaient l'amour;
C'est dire assez qu'ils ne s'ennuyaient guère.

Pourquoi dans son chemin Adam a-t-il bronché?
  Voyez pourtant ce que c'est qu'un péché,
Et du noir Satanas la malice perfide!
Du sort de nos aïeux un seul instant décide;
Mais dans le bon sentier qui toujours a marché?
N'accusons donc personne, éloignons tout reproche,
Adam a pu tomber, puisque Quesnel * accroche.
Nos plaintes, nos regrets sont d'ailleurs superflus;
    L'Eden, l'heureux Eden n'est plus.
Eh bien, je m'en console. A Dreux je le retrouve,
  Et le plaisir que dans ces lieux j'éprouve
  Vaut bien celui de nos premiers parens.
Arbres aussi féconds; fruits non moins excellens;
    Même gaîté, même abondance;
    Peut-être un peu moins d'innocence;
Chose dont, entre nous, je ne me plaindrai pas;
Voilà ce que mes yeux trouvent à chaque pas.
Enfin, pour achever d'un trait la ressemblance,
    Je dirai, mais tout bas:
    Dans cette retraite charmante
  Où chaque objet me séduit et me tente,
    Dans ce jardin enchanteur
On ne saurait entrer sans devenir pécheur:
  Là, certain arbre, à l'aspect séducteur,
Comme l'arbre d'Eden, porte certaines pommes
  Qui damneraient le plus sage des hommes.

---

* Le conducteur de la voiture, nommé *Quesnel*, avait effectivement versé la veille.

11*

LE MÉRITE DES FEMMES,

PAR L'UNE D'ELLES.

Air : *Quand l'Amour naquit à Cythère.*

A peine voit-il la lumière,
L'homme est assailli de besoins;
Et chaque instant de sa carrière
Est le fruit de l'un de nos soins.
Au jeune âge tout est contraire;
Ah! que deviendraient nos enfans,
Si la main d'une bonne mère
N'assurait leurs pas chancelans ? } *bis.*

A vingt ans un secret murmure
Rend l'homme pensif et rêveur;
Tout est changé dans la nature;
Est-ce raison? n'est-ce qu'erreur?
Mais de cette erreur passagère
Il nourrit tendrement son cœur,
Et dans les bras de sa bergère
Il goûte le parfait bonheur.

Le temps s'envole, et la vieillesse
Paraît, couverte de frimas ;
L'homme est seul, chacun le délaisse ;
Cheveux blancs ne captivent pas.
Les maux l'accablent ; mais sa femme
De ses peines prend la moitié ;
Et les derniers vœux de son âme
Sont recueillis par l'Amitié.

L'AMATEUR DE CAFÉ.

RENONCEZ au café, me dit mon médecin,
Ou de votre santé je ne puis plus répondre ;
C'est un poison, fort lent, si l'on veut, mais enfin
    Qui vous tuera...—Quoi ! l'on ose confondre
    Ce doux nectar, ce breuvage divin
Avec le suc mortel de la froide ciguë,
Ou la morphine? Eh bien ! n'importe, j'en boirai,
    C'est une chose résolue ;
Mais par un moyen sûr je me garantirai
Des effets du poison.—Comment donc?—Je mourrai
    Avant qu'il ne me tue.

11**

TUONS LE TEMPS;

ou

LA PHILOSOPHIE D'ÉPICURE, D'HORACE, D'ANACRÉON,
ET LA MIENNE.

....Carpe diem...
Horace.

AIR: *O Fontenai! qu'embellissent les roses.*

VEUT-ON savoir le conseil que nous donne
Un philosophe, un épicurien ?
Eh bien , il dît, et sa maxime est bonne :
Tuons le temps, il nous le rendra bien.

S'il frappe tout de sa faux meurtrière,
Rois et sujets, musulman et chrétien ,
Frappons aussi ; rendons guerre pour guerre ,
Tuons le temps, il nous le rendra bien.

Tout se flétrit, une rose, une belle ;
Un tonneau même est vide en moins de rien !
Puisqu'il n'est pas de futaille éternelle ,
Tuons le temps, il nous le rendra bien.

Un songe-creux, déplorant nos misères,
Cherche le mieux, et néglige le bien :
Pauvre insensé! laisse là tes chimères;
Tuons le temps, il nous le rendra bien.

Qu'est-il besoin de gloire ou de richesse,
Pour vivre un jour et puis n'être plus rien!
A moi bon vin, plaisirs, amour, ivresse!
Tuons le temps, il nous le rendra bien.

Anacréon pense ici comme Horace;
Le présent seul, dit-il, nous appartient :
Buvons, chantons, et, quelque temps qu'il fasse,
Tuons le temps, il nous le rendra bien.

Chloé, pourquoi tes refus, tes alarmes?
Aimer, jouir, n'est-ce pas le vrai bien?
Plaisirs d'amour promettent tant de charmes!
Tuons le temps, il nous le rendra bien.

Lorsque Abeilard par une main traîtresse
Se vit.... hélas! quel échec que le sien!
Il n'osa plus chanter à sa maîtresse :
Tuons le temps, il nous le rendra bien.

Enfans d'Adam, ne sommes-nous pas frères?
Pourquoi ces mots : le mien, le tien, le sien?

Tout en commun, nos caves et nos verres;
Tuons le temps, il nous le rendra bien.

De l'amitié, ce vrai trésor du sage,
Dans nos banquets resserrons le lien;
Et, pour saisir le bonheur au passage,
Tuons le temps, il nous le rendra bien.

Jamais soucis n'ont embelli personne;
Pour engraisser c'est un mauvais moyen;
Il faut mourir? eh bien donc, courte et bonne!
Tuons le temps, il nous le rendra bien.

Cette chanson, à côté de mille autres,
Vous paraît faible et ne rimant à rien :
Sifflons-la donc; je veux être des vôtres;
Tuons le temps, il nous le rendra bien.

MES ADIEUX AUX MUSES.

Claudite jàm rivos, pueri, sat prata biberunt.
VIRGILE.

J'AI brisé ma lyre :
Parens, amis, vous ne m'entendrez plus;
Adieu refrains; adieu joyeux délire;
Plus de couplets à Bacchus, à Vénus;
J'ai brisé ma lyre.

Vous qu'Amour inspire
Gaîment portez votre offrande à Vénus;
Mon cœur flétri n'a plus rien à lui dire;
Mes vœux, hélas! ne la toucheraient plus :
J'ai brisé ma lyre.

Héros qu'on admire;
Puissans du jour; favoris de Plutus;
Et vous aussi, Rose, Aglaé, Thémire,
En votre honneur je ne mentirai plus;
J'ai brisé ma lyre.

Prêt à me dédire,
J'allais chanter les attraits ingénus,
Le doux parler, et le gentil sourire
De ma Louise *, ah! regrets superflus!
J'ai brisé ma lyre.

(*) Fille de l'auteur, âgée de 6 ans.

FIN.

Nota. Nous aurions désiré pouvoir ajouter à ces bluettes un assez grand nombre de pièces fugitives qui, nous le savons, ont eu du succès dans le monde littéraire ou gastronomique; mais l'auteur nous a fait observer que les personnes, les circonstances, les événemens qui les avaient inspirées étant, pour la plupart, étrangers à ses nouveaux lecteurs, ces anciennes productions seraient de peu d'intérêt pour eux; et il a fermé son porte-feuille en nous disant: Puisse ce Recueil, tout mince qu'il est, ne pas paraître déjà trop volumineux!

TABLE

DES MATIÈRES.

FIN DE LA TABLE.

Erratum. Page 47, 2ᵉ couplet, au lieu de *Petrus, id est,* bon
prince, *lisez : Petrus, id est,* excellent prince.

Imprimerie de LEFEBVRE, rue de Bourbon, n. 11, F. S.-G.